文学之都·青柠檬丛书

虫之岛

梁思诗 著

南京出版传媒集团
南京出版社

图书在版编目（CIP）数据

虫之岛 / 梁思诗著 . -- 南京：南京出版社，
2022.9
（文学之都 . 青柠檬丛书）
ISBN 978-7-5533-3681-7

Ⅰ . ①虫… Ⅱ . ①梁… Ⅲ . ①长篇小说—中国—当代
Ⅳ . ① I247.5

中国版本图书馆 CIP 数据核字（2022）第 067752 号

丛 书 名	文学之都・青柠檬丛书
书　　名	虫之岛
作　　者	梁思诗
出版发行	南京出版传媒集团 南 京 出 版 社

社址：南京市太平门街53号　　　邮编：210016
网址：http://www.njcbs.cn　　　电子信箱：njcbs1988@163.com
联系电话：025-83283893、83283864（营销）　025-83112257（编务）

出 版 人	项晓宁
出 品 人	卢海鸣
责任编辑	孙海彦
插　　画	赵海玥
版式设计	石　慧
责任印制	杨福彬

排　　版	南京新华丰制版有限公司
印　　刷	南京爱德印刷有限公司
开　　本	880毫米×1230毫米　1/32
印　　张	4.625
字　　数	92千
版　　次	2022年9月第1版
印　　次	2022年9月第1次印刷
书　　号	ISBN 978-7-5533-3681-7
定　　价	52.00元

用微信或京东
APP扫码购书

用淘宝APP
扫码购书

青春、大学、南京与文学之都
——《文学之都·青柠檬丛书》第二辑序

汪 政

《文学之都·青柠檬丛书》的第二辑就要出版了,它们由《青春》杂志社主办的第七届"青春文学奖"获奖作品组成,共有长篇小说四部,中短篇小说五部。

任何文学奖都有一个成长与调整的过程,现在"青春文学奖"的立场与主张已经非常鲜明了。它是一个原创文学奖;它的参评目标人群是全球在校大学生,包括硕士研究生和博士研究生;它的参赛作品语种为华语,体裁涵盖长篇小说、中短篇小说、散文和诗歌。它不仅是《青春》杂志社一家主办,同时与专业文学团体和十几所高校结成联盟,形成了一个力量强大、旨在发现新人新作的文学共同体。显然,这是一个有着自觉的文学意识的文学奖项。我曾经多次说过,虽然现在的文学奖已经很多了,但是,相比起丰富多样的文学世界,比起不可尽数的文学主张,我们的文学奖还是太少了。文学奖是一种独特的文学评论形式、文学经典化方式与文学动员路径,每一个文学主体都可以通过评奖宣示和传播自己的文学理想,聚拢追随自己的文学力量,推出最能体现自己文学主张的优秀作品,进而与其他文学主体一起组成万马奔腾、百舸争流、生机勃勃、和而不同的文学生态。所以,我们固然需要权威的、海纳百川的、兼容不同文学力量与文学主张的巨型文学奖,但更需要有着自己鲜明个性的文学奖。从这个意义上说,衡量一个文学奖是否成熟就看其是否具有自己的明确定位。就以"青春文学奖"来说,从二十世纪八十年代走到今天,中间经过数次变化调整,直至上一届,也就是第六届,才完成了这样的从目标人群到文学理想的评奖体系。如果对这一过程进行梳理和研究,未必不能看出中国新时期文学发展的流变,未必不能反映出中国文学越来越自觉的前进道路。它是中国文化走向高质量发展、中国文学制度走向现代化的典型体现。

从现当代文学史的发展来看,将新的文学生产力的生产定向在在校大学生有着文学人口变化的依据。五四新文化运动几乎是与中国现代大学制度的建设和改革同步的,高校知识分子群体是五四新文化运动的中坚,也是中国新文学的骨干。在鲁迅、胡适、陈独秀等大学教授的引领下,不仅中国新文学创作取得了实绩,确立了地位,更是培养了一批在校的青年学生文学英才。北京、上海、南京、广州、天津、重庆、武汉、成都、兰州、昆明等地都曾是中国现代大学相对集中的地方,同时也成为中国新文学的聚集地,大学的文学社团以及文学"发烧友"

是那时大学不可缺少的文化风景。后来成为共和国文学核心的人物大都是从那时的大学走出来的。这一文学人口现象在新时期文学中几乎得到了原本再现。曾经引领新时期文学风骚的卢新华、陈建功、张承志、韩少功、徐乃建、范小青、黄蓓佳、张蔓玲、王小妮、王家新等作家、诗人开始创作时都是在校大学生，而且，这些大学生作家的创作并非个别现象，像北大学生作家群、复旦学生作家群、华师大学生作家群、南大学生作家群、南师院学生作家群等到现在还没有得到系统梳理，他们对中国新时期文学的贡献和影响确实有待深入研究。

　　文学与其他艺术形式不一样，文学是以语言的方式表现生活，表达人对自然、自我与社会的情感与思考，从这个意义上说，写作者人文素养的高低直接决定了作品的质量。因此，从理论上说，在现代社会，只要有可能，一个写作者的学历与其创作的正相关性极大。所以，现代大学形成了在校文学写作的课程体系，创意写作已经成为一个传统的专业，而著名作家驻校写作兼职教育则是普遍的现象，至于大学能否培养作家自然也就成为一个无须争论的问题。这几年，中国许多高校都建立了创意写作专业，并已经进入研究生学历教育序列。而且，从欧美的传统看，写作越来越被看成是一个人的核心素养，所以，写作绝不是文科生的事，更不是文学专业的专属，"在各学科内培养写作能力"不仅是一种学习主张，而且已经是一种成熟的跨学科的教育实践。所以，《青春》联合中国著名高校针对在校大学生，以文学奖的方式激励和推动新生文学力量的成长是一个既合乎历史又合乎学理的选择。

在大学学习时写作与具有大学学历的写作又有差别，这是环境与人生阶段决定的。在大学学习时的写作起码有三个特点：一是作为写作者的青春属性与未完成性。在校大学生还是典型的青年人，同是又是青春的成熟期。这时的青春既是未定型的，又是"三观"走向稳定、个体趋于自信而又充满进取与探索的时期，写作者大都满怀理想，不愿墨守成规，这也是五四新文化运动与改革开放时期大学生文学带有明显的叛逆与探索的原因。第二，大学是一个学习场所，大学生再怎么自信，再怎么"目中无人"，他的学习者的身份是其明确的社会属性与阶段性生命规定，再加上学习制度的约束，所以，一方面大学生虽然不愿意为既有的文学所牵制，但另一方面，他们又或被动或主动地学习文学，这样的学习让他们能够较为系统地熟悉文学传统，掌握文学理论，成为自觉的写作者。第三，大学又是一个知识生产地，是进行科学研究的场所，是学术相对集中的地方。在这样的环境中，大学生的写作就自然地带有研究的味道，带有学术的倾向，他们许多的写作甚至带有试错的性质。

不管是从写作者的角度，还是从作品的角度，上述特征在《文学之都·青柠檬丛书》第二辑中都体现得非常明显。入选的作者从本科生到博士生，既有创意写作专业的，更多的则来自文科、理科、工科和艺术学科等各专业，确实体现了大学生参与写作的广谱性。而从作品上看，与相对成熟的专业或职业写作不太一样，他们的作品还不太成熟，即使将获奖作品与这些作者已有的作品联系起来看，还都说不上已经形成了自己的风格。一些作品的完成度还不够，后期修改加工的空间还很大。特别是，这些作品与现实社会的紧密度不够，写作者们对社会人生的思考还显得稚嫩，甚至有书生气、概念化的现象。但是，这又有什么要紧呢？如果一切已经定型，一切都已成熟，写作者们也都人情练达、世事洞明，那就不是他们，不是大学生了。一切都已完成，还有什么期待与希望？

可贵的是这些作品都是学习之作，像《光晕》《虫之岛》《长安万年》《青女》等作品都有着传统经典的影子，是向传统致敬的作品。《光晕》以科幻作为载体，对社会科层、人性进行了独到的思考。《虫之岛》是"孤岛"母题叙事类作品，以文明人来到孤绝空间的行为遭遇，思考文明的演化，探寻人的本性的多样性及其限度。《长安万年》是一篇历史小说，是一篇不仅从故事而且从文本风格上都试图回到历史的作品。《青女》有着浓重的中国乡土文学边地叙事的影子，不管是从题材还是从艺术风格上，都有着沈从文的笔调。作品写得从容、优雅，试图在复杂的人物关系与曲折隐晦的故事中寻觅社会、文化与人性的秘密。这些作品又是他们的科研之作。他们不满足于简单的学习，更不是重复式地模仿，而是试图研究传统经典在当代文学话语中的再生性，试图通过经典表达出作者新的人生思考以及在小说艺术上新的尝试。即以《长安万年》来说，作品对原型故事的借鉴，对历史风俗的描写，对古代探案桥段的运用以及博物书写，特别是注释文的加入所形成的多文本形式，并由此产生的互文衍义，使得作品变得丰富而有韵致。像这样的作品明显地有着"元书写"的研究性质。

作者们普遍表现出了探索的欲望，以及与社会写作自觉切割的创新努力。《隔云端》虽然是一部复杂的作品，却在控制上显露出令人惊讶的能力。这种控制不仅表现在对故事冲突的处理上，对多线索交叉，包括中断、接续、穿插的安排上，还表现在作为一部面貌写实的作品，在与社会相似度的距离把控上，从而使作品内容的呈现显现出了现象学的意味。《鬼才》的形式主义与探索性也具奇特之处，作品既是一部现实之作，又是一部历史主义的符号性作品。它通过对宋代历史人物与现代生活的重叠书写使作品获得了令人眩晕的恍惚，并在文本上具有了张力。它不是简单的穿越，而是以符号的方式举重若轻地实现了作者的艺术实验，从而巧妙地卸去了现实书写对他的压力。《狸花猫》也有着相似的美学考虑。只不过作品所倚重的对象与叙事技巧不同罢了。这两部作品都有跨界融合的性质，虽然它们的界不同，融合后的形态也不同。在《鬼才》，这界是现实与历史，叙事的技巧在符号；而在《狸花猫》，这界在人与动物，而叙事策略在心理分析。与它们相比，《雪又下了一整天》和《弹弓河边有个候鸟驿站》体现了少有的年轻人直面现实的勇气。作品或叙述社会底层，或聚焦重大社会问题，都有一种罕见的力量与将故事复杂化甚至极致化的韧劲。两部作品不约而同地使用了复调叙事，不仅在情节上体现出多线索的交织，同时也使主题呈现出叠加。它们的题材与主题都说不上有多独特，但是，正因为如此，似乎激发了作者另辟蹊径的决心，要以作品的复杂性和描写的尖锐度同中求异，彰显其非同一般的决绝。

所有这些都值得肯定与赞赏。这样的气质不但是大学生写作的审美基因，也是当下文学所需要的清新气息。要特别说一句的是，对已经成为"文学之都"的南京而言，年轻、未来、个性、创意等更是弥足珍贵。我反复说过，南京"文学之都"的称号自然意味着这个城市辉煌的历史，但更是对这个城市现实与未来的期许。所以，"青春文学奖"的举办，大学生写作力量的勃发，年轻的文学气质的晕染，都将为"文学之都"南京增添新的光辉。

确实，大学，南京，文学之都，没有比它们的幻化更赏心悦目的了。

作者系江苏省作家协会副主席、江苏省文艺评论家协会主席。

目 录

一 ………………………………………… 001

二 ………………………………………… 017

三 ………………………………………… 034

四 ………………………………………… 049

五 ………………………………………… 068

六 ………………………………………… 087

七 ………………………………………… 101

八 ………………………………………… 116

一

那个男人是我带到岛上来的。那是一个炎热的晌午，和岛上每一个寻常的晌午一样，阳光垂涎于海浪漫过的金沙，在上边烧起丛丛烈火。一只脚从沙里露出来，远远望去好似枯萎的海草。起初我并不在意。盲人特里的筛子纷纷落在转盘中的声响清脆入耳，我看到其中一颗落在刻有瓶状符号的一格，特里拾起那颗筛子，对着阳光，仿佛想从中参透宇宙的秘密。他干裂的嗓音让我想起破碎的蚕蛹，"上天会保佑你，也会保佑木莎。"木莎是我的母亲，此刻，她还在厨房准备今天的午餐，一定又是虫卵，我对那东西早已食之无味，但这就是我们家，贫穷让我们在无味与匮乏中不断往复，直至死亡降临。

我没有再问下去，没人能从特里口中抠出更多的讯息。我的脚就像着了魔似的一步步往海边走去。细浪一层又一层漫湿海岸，我的脚在湿软的沙里进进出出，几只小螃蟹迎上来抠我的脚趾，撕我的死皮，他们似乎看懂了我的心思，唤来更多同伴领着我往那株枯萎的海草去。透过树枝，我能察觉那玩意的质地软而无力，脆而易碎，直到我将表层的沙剥落干净，那只脚才在我眼前裸露无余。

　　他和岛上的男人都不大一样，我们矮而干瘦，仿佛虫子成精，而他高鼻梁，厚嘴唇，体型壮硕，若非久经风吹日晒，一定不会这样黝黑枯瘦。我使尽浑身气力将其拖动，那身体扑通一声从沙里挣脱出来，小螃蟹惊得四处逃散。当我回到家门口的时候，已经远远过了午饭时间，母亲呆呆地盯着我身边这副躯干，好像丢了魂，眼里没有一丝动静。感谢这个男人让母亲对我的怒气转到九霄云外，现在她的眼里只有这个男人。她将他冲洗干净，被沙子掩埋的部分肤色细腻白净，摸起来饱满结实。我不禁看了看自己枯如树枝的细胳膊细腿，又捏了捏他紧实的臂膀，好生羡慕。母亲呵斥了我一声，叫我赶紧吃饭，可那盘虫卵并不能让我长成这个男人的模样，它们只会让我的身高在两年后停滞不前，然后像岛上的每个男人一样造一个属于自己的梯子，走哪带哪。

　　母亲的手从男人背上抚过。我暴躁地站起来说："把他带出去！告诉所有人，然后让上面的人决定如何处置他！"母亲舍下男人举起巴掌就要抽我，"你这个死孩子！再嚷嚷看我不打死你！"我一边捂着头一边不甘示弱地说："指不定是天上落在岛上的灾星，至少得让特里看看！"她没说话，手不自觉地收了回去，看了看男人，又把他的身子胡乱擦个干净，用一层粗布包裹起来，推到角落的藤椅上，用几个箩筐遮挡住。她扶住我的双肩,一板一眼地冲我说:"这个男人的事千万不许传出去让任何人知道!"可我并没把她的话当回事。

男人是在深夜时醒的,他醒来以后看着就像一头野兽,带着不可名状的神色,嘴里嘟哝着诡异的言语,他意识到自己赤裸着身子后脸涨得绯红,然后朝我大声怒骂。我听不懂他的言语,只当他是在怒骂。母亲踏着碎步赶来了,一把捂住他的嘴,把他的衣衫放在一边。他忙不迭穿起那身尚未晾干的衣裳就要往门外走。母亲冲我使了个眼色,一齐把他拽住,她腾出手抓来麻绳,将男人由头到尾牢牢捆住。我在一旁盯着母亲说:"你疯了吗?如果让人知道家里藏了一个来历不明的人,人们会怎么处置咱们?"母亲说:"他是无辜的。浪把他带到了岛上,必定是上天的启示。"

又过了不知多少时候,当我醒过来时,正瞧见那个男人目光笔直地盯着我。我吓得一哆嗦,立马翻过身裹紧被褥。当我再小心谨慎地瞥眼过去,他那如炬的目光依然直勾勾地注视着我,就像野兽对将他束之牢笼的猎人怒目而视。我钻了出去,假装要小解,只要那个男人一直盯着我,我就难以入睡。他越是呼喊我,我就奔跑得越快,一直到了海岸边,大海的声音将我裹挟,我才安下心来。

他是从海上来的,不知经历了多大的风浪才被吹到岸上。我望着深夜的海洋,黝黑而广大,一如巨无霸的内脏深不见底。月亮倒映在近滩的浅波上,闪着丝线般的微光,特里说那是逝者的亡灵散落的碎片,偶尔,你还能从那些细浪中望见某些熟悉的笑颜。我时常到海边来，试图从晶莹的浪花中找寻父亲的脸庞。我没有见过我的父亲，甚至不曾从母亲的嘴里听过一句描述他的话。听说他在我生下来两个月大的时候就死了。彼时，岛上每隔三年会派一个人前往外面的世界，我的父亲是其中一个。听说他是主动请求外出的，当我母亲孕吐，为肚子里不安分的我疼痛不堪的时候。几个月后，父亲出发时所乘的那只船漂了回来。那也是一个日光猛烈的晌午，正在沙滩上晒虫的几个伙计望见海平线上远远漂来一只月牙般的小舟。他们把船拉上岸，在里边发现了我父亲的尸体。他的模样与临走前已大不相同了，身上穿着审美奇特的衣衫，头发剪得极短，行囊中还装了许多岛人未曾见过的东西。母亲抱着刚出生两个月的我赶来，她没有流泪，也不愿多瞟他一眼，只叫他们随意把他埋了。岛上一向实行海葬，漂流到远方的尸体或许被大鸟吃掉，或许被风吹落水遭鲨鱼啃食，不论落到谁的嘴里，都是它应有的宿命。我时常想象父亲，这个伟岸的男人是如何消失的，一定和常人不同，因为他是岛屿的英雄。

但母亲不在乎这个，她只在乎别人是否爱她。我沿着被海水漫湿的沙滩往前走，追随着月光的牵引，不知会走到何方。黎明将近，空气愈发冰凉，我出门时走得太急只穿了条裤衩，海风穿过我的肉体，在我的骨头里肆意搅动。"阿里沙。"我回过头，见四下无人，又继续前行。"阿里沙。"我停下脚步，那声音腐朽而疲惫，裹在风声里含混不清。我想再听他喊一声，等了许久也没再听见。我再度迈开步子，那声音又响了起来,"阿里沙",这回听得十分清晰,是个老男人的声音。我的前方迎来一团黑影,影中依稀有个人的影子,月光照不进其中,我只知道我与他不相识。

"阿里沙。"

"你从哪里来?"

尽管我试图向他走近,可我们之间的距离似乎总没有变动。

"那个新来的男人正在注视着你。"

"你怎么知道那个人?你是谁?"

他沉默了,又说:"他不属于这儿,把他还给大海。"

"你是我的父亲吗?"我问。

"每个人都有属于他的地方,有属于他的生命线,这是改变不了的。我曾经犯过一个错误。"他还没说完,黑影就遮住了他的身影。海水像一只手把黑影扯了进去。风的频率还是一样,推挪着起起伏伏的浪声,好似一切都不曾发生过。

当我再次醒来的时候,那个男人正盯着我,这一次他的眼神里没有了早前的凶狠与恶意。他见我一醒,立马把我从床上揪了起来。他的双手搭在我的双肩上,开始有条不紊地讲话。他说话的样子语重心长,令我想起了洞穴石壁上刻画的先贤向岛上的子民传授神启时的模样。他晃晃我的双肩,真挚地盯着我的眼睛,试图从我的眼中找到答案,可我听不懂他在说什么。他反复试了多次,得到的均是我木讷的表情,他放弃了,坐到一边长长地叹气。

母亲回来了，带回了一盘新刮下的虫卵。男人盯着那盘虫卵忍不住作呕，但由于长时间未进食，他的胃里已经没有东西可供他吐。虫卵出锅后被母亲端到男人面前，男人摇头，母亲还是执着地把盘子往他面前推。她亲自舀了一勺，男人撇开头，他不知我母亲的犟脾气是谁也拗不过的，她拽住他的下巴，把勺子往他嘴里塞。"再不吃你会饿死的。"一切发生得太快，他几乎没怎么咀嚼就把虫卵咽了下去。男人想吐又吐不出来，挣扎半天。母亲把他交给我，自己到厨房干活去了。我不会像她那样凶残，只把勺子递给他，我说："这不是毒药。也没那么难吃。"男人不接勺，反而跟我说了一大堆话。我找了一块抹布，在上头画了一只虫，告诉他这是班布，是岛上最常见的虫，雌性的班布每天都会产下很多卵，但其中大部分不会生出小虫，我们就以那些废弃的虫卵为主食。他盯着我的画，似乎听懂了我的话，主动尝了一小口，又尝了一口，不多时就把整盘虫卵给吃没了。我给母亲使了个眼色，她笑了笑，她是个善良的女人，只是也许看起来不像。

我带着男人来到海滩上，告诉他我就是在这个位置发现他的。他又冲我比画了一件件物品，我耸耸肩，摆摆手，告诉他，他来到这儿的时候身边什么也没有。我从他的眼神中看出了一丝失落感。我抓起一只小螃蟹放在他的手臂上，他吓了一跳，我咻咻地笑，又多抓了几只，他看着我不自觉地往后挪动，好像怕我又在谋划新的恶作剧。我用石头生火，把螃蟹们串成几串放在火上。出门前，我从厨房带了些盐出来，男人一看见盐就来劲，抓着我的手说："yán。"他见我没反应，又指着盐说了声："yán。"我跟着他说："yán。"他激动地冲我点点头，大笑起来。虽然不知为什么，但我也跟着笑了，我还把烤好的螃蟹给他，他吃得津津有味，我就知道我的手艺比母亲好多了。

男人吃了点东西，身上显然更有力气了。我带他去看了我的小船。岛上的男人都得学会手艺活，这样将来才能亲手盖房子、造船、制家具。手的灵活是一个男人成熟的标志。但我尚未到学习手艺的年纪，可我已经迫不及待了。我趁人不备时在密林深处锯木、制绳，按着停靠在海岸边的船的样子有模有样地动起手来。起先我总是难以将木块严密地拼合起来，这样的船会渗水，我不能去问岛上的男人，他们听了只会嘲讽我的幼稚，还会把此事告诉我母亲。我试了很多办法才勉强将船底拼成。如今船沿的部分还是会渗水，但我需要一个观众，一个能为我喝彩又不会告密的观众。男人盯着我的成品对我说："chuán。"我跟着他重复了一遍："chuán。"他满意地笑了。我对他使劲比画了一通，希望他能知道这艘小船是我造的。他的表情很含糊，像是知道了，又像是没明白。我们一齐把船推进海里，他的臂膀比我结实，一接过桨就划得飞快，小船一下就游到了海中央。他兴奋地冲我说了些什么，见我不懂，又说："pí huá tǐng。"我重复道："pí huá tǐng。"他点点头，对我竖了个大拇指。

我们把船停在一个岩洞口，那是我的藏匿地之一，平日里伤心的时候我也常到这儿来。我点了根火把给他,他从未见过火把似的,两眼放光,又在洞中的空地上上下下挥舞着火把,做些奇怪的动作,如同着了魔一般。"别那样!危险!"我从他手中夺过火把,插在岩石缝里。我们开始交换语言,我们指着火,指着岩石,指着衣衫,指着鞋子,指着大海,分别念出各自的读音。现场没有的东西我们就画画。这就像个解谜的过程,我们俩的语言系统逐渐拼合在一起,这个过程奇妙无比,藏在男人背后的世界逐渐清晰,他似乎不再像来到洞穴前那样陌生了。他在泥土里写下"梧桐"两个字,一会儿指着字,一会儿指着自己,嘴里念道:"wú tóng。"那是他的名字。

返程的路上,母亲在岸边看见了我们。她用芭蕉叶把男人盖得死死的,又揪着我的耳朵把我俩带回家。"你找死吗?万一让别人发现了怎么办?""他该出去透透气了。""船是谁的?我说过多少遍不许偷别人的东西!""我没偷东西!"母亲往我脑袋上狠狠拍了一巴掌,这就是我恨她的原因,她总是这么独断专行,就像岛上每一个怀了孕的女人一样。

四个月前她怀孕了。这事不知怎么传了出去,岛上的人开始议论纷纷,是谁搞大了她的肚子。有段时日,岛上的女人们开始用别样的神色看自家男人,谁都有可能是那个多情的触角,但谁都不愿承认。上面的人派来巫师替她查看身体。我还记得那个清晨,天刚蒙蒙亮,房门外就传来一串急促的脚步声。巫师身披黑色长袍,脸上画着几道黑色的纹路,看着像是烧伤的裂痕,手里捧着一本小册子,据说里边记录着先贤传下来的神启。一同前来的还有几个胳膊粗腿壮的老妇人，一齐冲进屋里来。

他们走后，屋子里又恢复了寂静。我赶紧松开绳子，母亲的手腕和脚踝都被捆出血来了，她的发鬓冒了一丛冷汗，眼睛瞪得眼皮都干了。我给她递了杯水，她的手都是抖的。巫师没再来过，倒是那些老妇人还会来，轮班把守在我家附近，谨防有他人出入。我问她们为何如此，她们说母亲的肚子里怀了圣婴。我对此表示怀疑。母亲自打怀孕后每日都沉浸在悲伤中，她变得愈来愈容易狂躁，每当她试图打伤自己的肚子，就会有老妇人冲进来把她制住，然后她的悲伤便愈发深重了。日子长了以后，老妇人们来得也没那么勤了，十天半个月才来瞅一眼，看着大体无恙便走了。

母亲的肚子总是在深夜里出现胎动。那原本圆滚滚的肚皮突然这里冒出一个角，那里冒出一个角，内里那个小妖精仿佛举着铁叉往母亲的肚皮上捅，企图捅出一个洞后飞奔出来。母亲疼得直喘粗气，但又动弹不得，她不停地用手抚摸肚皮，试着安抚它，但没有用，它在里边听不见也看不着，只是一味地折磨她。我跑去海边，希望能在海上再次与那团黑影相遇。风把一层层海浪吹上岸来，无数个亡灵的碎影在波浪间摇曳，但这其中就是没有那个男人。我独自在岸边吹了很久的风，母亲的喘息声渐渐削弱，当光从海平线上蔓延开来的时候，我才沉沉睡去。

梦里，我看见了那个孩子，彼时他已长大了，模样奇丑无比，在海上追逐着母亲和我。我们的船桨断了，他凭借一股蛮力游上来，一手拽住船尾，我和母亲在船上颠簸，海上忽然下起大雨来，眼瞅着我们就要从船上翻入海中，我这才从梦中惊醒过来。

我把这些事同那个男人说了，我不确定他听懂了多少，但除他以外，我无人倾诉。我自认为是整件事中受连累最深的人，她的暴躁都倾泻在我的身上。日后她若生了孩子，我也不能称之为弟弟，而是要把他当作神位一样时刻供奉着。我要服侍他，安抚他，母亲对我的爱说不定也会转移到那个孩子身上去。男人是个聪明人，尽管他只能听懂我话中的部分词，但他的眼中已然流露出了对我的悲怜和感伤，那是男人之间的理解与共鸣。他摸了摸我的后脑勺，仿佛在告诉我一切都不会往最坏的方向发展。

男人和我待在一起时问得最多的就是如何离开岛屿。我告诉他我也不知道。如今活在岛上的人都不曾离开这儿，出过海的人都没有回来过，除了我父亲，当他再回来时已是一具尸体。他听了我的话后眼里一片寂然，仿佛已失去了生的希望。后来，男人又叫我教他造船，我说我那两下功夫只能造一艘小舟，在近滩处划着玩的。他不在意，每日夜深人静时独自到密林中去砍木块，照着我的图纸忖度船的构造。母亲让我跟紧他，别让他被山中猛兽吃掉。现在，他已吃惯了虫卵，吃完舍下碗筷一门心思研究造船。母亲说他这个样子倒是跟岛上的男人挺像的。

作为一个男人，也许我还是不够了解女人。不然母亲也不会出现在海边的峭壁上，向下纵身一跃。那天，我还在屋里和男人交换彼此的语言，一个老妇人来了，我立即让他藏在土缸里。"你母亲呢？""在采虫卵吧。""虫卵场没见着她。""她经常在外散步，这很正常。"老妇人在我面前耍起威风来，我答应了她去把母亲找回来。我刚走没多久，那个男人便追了上来，我说："你赶紧回去躲起来，不能叫人发现了。"他用刚学会的语言断断续续地跟我说："我，你，一起，找。"这会儿，我已将他当成自己的好兄弟，我们一起搭乘我的小船沿着岛的海岸一路找寻。男人的身子太重，一根木板断裂，水渗进船来，也许过不了多久便会人仰船翻。我们跳上一块岩石，男人指了指山崖上凸起的石块，示意我可以爬上山去。我刚做好准备，只听他大叫一声，我循着声音望去，正看见母亲躺在一块大石上，血液染红了长裙，她闭着眼，仿佛死了。

"阿里沙。"

"是你吗？我的父亲？"

"快回去吧。"

"我母亲死了吗？她已经到了地底下，踏上黄泉路了吗？"

"快回去吧。不要胡思乱想。"

黑影飘远了，我的眼前是一片血红的曼珠沙华。母亲的脸倒映在红河里，波纹浮泛，打碎了她的脸颊。我伸手去抓，只抓到一掬水，里边漂着一个陌生的灵魂。"你别走。""阿里沙，回去吧。"我追着他奔跑，踏过一片红色花海。只因跑得太快，脚底磨破了皮，我摔了个跟头，再站起来的时候，花海已消失了。

醒来时，我正在家里，男人独自坐在床边，厨房里生了火，偶尔可以听见木柴燃烧的声音。男人端来一碗黑水，气味莫名难闻，他给母亲服下，我赶忙上前拦住，他力气比我大，硬生生给母亲灌了下去。他比画了半天，大意是说他有办法救母亲。我问："母亲死了吗？"他拍拍我的肩，挤出一个安慰的笑，又指着母亲的肚子，摆摆手耸耸肩。我又问："孩子死了吗？"他点点头。

是男人把母亲从悬崖底下背回来的，现下岛上的人都知道了他的存在，但没人知道是我把他带上来的。他告诉巫师，是母亲的鲜血把他引到了这里。就在巫师要命人将他抓起来的时候，他用从我这儿学来的蹩脚语言告诉他们，"圣婴"死了，而他却来到了这里，但愿他们能明白这意味着什么。巫师对此哑口无言，十几个老妇人都在等候她的指示，她便说要先向上面请示再做打算。男人就这样留了下来，他声称自己懂得医术，能还我一个活生生的母亲。

"梧桐。"

我头一回叫他的名字，情绪涌上心头，不禁说出声来。

他听后笑了，摸了摸我的头。

母亲醒来后很少下床，梧桐负责起一切家务。他是把她从鬼门关背回来的男人,现在她看他的眼神都变得柔和了许多。她再也不时刻叮嘱我捆住他的四肢,向她报备他的行踪,而总叫我帮着他些,别让他过分累着。

那天夜里,上面的人来了。三五个男人到家里把梧桐领了出去,把母亲和我反锁在家中。从窗户望出去,可以看见巫师那熟悉的黑色长袍,沙滩上堆起火把,照亮了整片海域。由于光太强烈,遮蔽了上面人们的面目,我只看见巫师和她手下的老妇人把梧桐团团围住。梧桐手舞足蹈地跟他们据理力争,用他刚学会的零星岛语,而巫师却摆出一副懒得听的模样。"阿里沙,扶我下床。"母亲在背后叫唤我。梧桐交代过,她身上的伤尚未痊愈,应该时刻好好休养。但她已自己挣扎着起来,试图从厨房后边的窗户爬出去。我难以相信这是一个刚刚坠入悬崖又堕胎的女人干的事,但事实是她确已一边呻吟着一边跨过窗户。"他们会把他弄死的。我得去救他。""他们不会听你的。""他们会的。"我不知她哪来的自信,跑到火堆旁把梧桐解救出来。从我这儿听不到他们在说什么,只看见巫师领着一众人纷纷退步,让母亲直接同上面的人对话。上面人的脸藏在火光背后,母亲的神情泰然自若。海浪声淹没了夜间的审判,当我看见星光照向大地,我相信一切都是神的指引。

她领着梧桐回来了。她说他们再也不会对他怎么样。我不敢问她究竟是怎么说服他们的,后来梧桐告诉我说他也不知道,没人听见她和上面的人说了什么。梧桐的打算是等母亲痊愈后就离开这里。他的船已造了一大半,我瞧了瞧,到底是成年男人，手艺活比我好多了，是有模有样、构造严密的船。梧桐说他在外面的世界是个建筑师，就是专门设计建造房子的人。我说岛上的房子都是自家人建的，能够遮风挡雨即可，盖房子是各家男人传承下来的手艺，从未见过建筑师。我因为没有父亲，所以我家的手艺活传到父亲那代就断了。梧桐说，可惜他不能在此久留，不然定会把盖房子的知识传授给我。他的口吻就像他明日便要出发了，我急着跟他说："离岛后的人都死了。"他把我的话当成年幼无知，每个大人都是这么看待我的。从没有人把我当回事。

梧桐离开的那天，母亲和我一块儿到岸边送他。我难以从母亲的眼神中看出些什么具体的东西，因为她在极力掩饰，这也许让她想起了父亲离开的日子，他也是这样乘上自己造的船——自称是最坚实的船，背着包袱自信地远眺，好像再也不打算回来了。梧桐的船比岛上任何一个男子造的船都要漂亮，有了它保驾护航，也许他的命运会有所不同。母亲用布包了一些果实给他。这些果子平日都是班布最爱吃的，岛民只吃虫子，对此不屑一顾，但梧桐却格外喜欢。今晨母亲特地起得老早，到山林上去摘了来，果子长在高处，她便爬到树上，她的身体恢复得不大好，脚跟不稳险些摔了下来。当然，这些梧桐都不知道，他接了果子，用岛上的语言向母亲道了谢。他冲我们挥了挥手，收起锚，小船随风缓缓飘行，他还在冲我们挥手，可能是叫我们赶紧回去的意思，烈日照在他的身上，把他原本白净的皮肤晒成古铜色。不知从何时起，他的相貌和岛上的男子愈来愈像了。我问母亲："他会死吗？"母亲拍了拍我说："别瞎说！"

夜里，母亲让我教给她梧桐的语言和文字。我说他都已经走了，你还学这干吗。她说也许父亲曾看过这些字，听过这些语言。这是她头一回在我面前提起父亲，我突然明白这些年，她的心内一直漂浮着父亲的倒影。我立马取出小册子，上边记录了梧桐教会我的所有文字和读音，他还曾告诉我一些岛上没有的东西，画在纸上，旁边标着名称和功能，比如他上回跟我提及的皮划艇。他说外面的世界会举行划船比赛，这个岛上也有，但我们这儿的比赛比的不是人力，而是船本身造得如何。梧桐走得太快，不然我还能听他给我讲述更多关于外面世界的故事。母亲自打从我这儿拿走小册子以后，几乎每晚都在灯下盯着看，她没有我机灵，学东西不快，总是记了又忘。我原以为她没两日便放弃了，可不曾想她倒挺上心，一直把小册揣兜里，那本册子就跟长在她身上似的。

母亲每日呢喃就像是在念咒语，也许正是这些咒语最终把梧桐召了回来。

那又是一个炎热的晌午，我正在沙滩上准备为自己的小船试水，忽然远远望见一片熟悉的船影从海平线上漂过来。我一眼就认出了梧桐的船，但与出发时大不相同，船帆已残破了大半，像海带一样倦怠地挂在支架上。船舱也破了好些个窟窿，好似刚刚经历了一场巨大的灾难。我的心突然被什么东西敲击了一下，我把母亲从屋里叫了出来，待船漂近后一同把它拉上岸来。梧桐正歪在船舱里，发丝凌乱，身上横七竖八划有无数道带血的伤痕。母亲探了探他的鼻子说："还有气。"

母亲用班布的尿液给他擦拭伤口，这东西对止痛愈伤特别管用。梧桐身上遍布伤痕，我一边给母亲举着灯火，一边谨防蜡泪滴到男人身上。梧桐冷得打哆嗦，我们给他盖上三层被子，他才勉强平静下来。梦中，他在呼唤着什么人的名字，急得直踹被子，母亲便拉着他的手，给他唱岛上的童谣："天上的虫子飞呀飞，像你的眼睛亮晶晶；地上的虫子爬呀爬，下雨天把孩子赶回家。"人们都说，不管长到多大的男人其实都是个孩子。男人就在母亲轻轻柔柔的歌声中恢复了平静，但他的手还一直拽着母亲不放开。

三日后，梧桐醒了。

"阿里沙。"

我把一盘虫卵端过去给他。"你饿了吧。"我早已听见他的肚子在叫。他一看见虫卵，立即绝望地大哭起来。他一边哭一边捶床，他看着我们的小屋喊道："为什么又回到了这里！"他哭得太厉害，呛着喉咙，嘴里咳出口水来，显得愈发狼狈不堪。母亲闻声赶来，一把将男人搂在自己怀里，男人愈是痛苦挣扎，母亲的臂膀就愈用力，一直到他把眼泪哭干。

二

阿里沙带我到野外去捕捉了一只班布。岛上的居民以这种飞虫为生，它的尿液可治愈伤口，卵可做粮食，额顶会发光可作灯芯，薄翼可制衣，眼珠可炼油。这种虫的身子呈深绿色，形状有点像蚂蚱，翅膀像蜻蜓，眼睛大得可怕。我们把一只雌班布装进笼子里，阿里沙说它食草，就是随处可见的青草，一根青草可供班布存活半个月。岛上随处可见雌虫的图腾，人人家中都会挂着这样的画布，图腾的形状弯曲吓人。阿里沙说，由于雌虫可产卵，是人的生命之源，因而受人崇拜，是岛屿的神灵。这地方的一切，其怪异程度，都令我感到猝不及防。正如此地男子的个子大都比我小一半，黑瘦细长但干练有力。他们总是肆无忌惮地盯着我，目光直勾勾的，也不说话，我走到哪儿就跟到哪儿，我若不耐烦呵斥一声，对方便会抡起木棍要打回来。我会跟他道歉，毕竟我是在大学受过高等教育的知识分子，我应在任何场合时刻保持体面。木莎知道我有这毛病，她见我的衣衫早已变得又黄又破，就连夜赶工用班布的羽翼为我缝制了一件衬衫。这羽衣会不停变色，各色融合仿佛天边的云彩，初看是透明的，过一会儿又会自动上色。有时我觉得木莎是个好女人，有时我又疑心她对我的好只是为了报答我救她的恩情。我自幼跟着爷爷在中药堂长大，耳濡目染多少也懂得些配药的习惯。但当我再度回来以后，木莎对我的态度有了些微的变化。她开始防着阿里沙带我到海边去。每每她发现我们到了海边，总会立即放下手里的活，冲过来将我五花大绑拖回家去。她禁止阿里沙再同我探讨任何与造船有关的事，这连累了阿里沙，那孩子本想跟我学习如何造更大的船，现在，他母亲只允许他学习如何拆解班布，把它的作用发挥到最大。

　　当我置身于海洋旋涡中心的时候，我做了一个梦。我梦见自己又回到了家里。风吹过带有鸢尾花暗纹的白色窗帘，窗外是一片淡粉色的蔷薇墙，在阳光的轻抚下绽放得格外欢欣，离开我之后她似乎对生活有了更多的热情。大理石地板让我的屁股凉得难受，我挨靠着墙站起来，屋里找不到我们的一张合照，茶几上散落着打火机、烟头和钢笔，但那都不是我的。有那么一瞬间，我以为自己闯进了别人的屋子，若不是床单上还留着我滴下的洗不掉的芝士印迹。隔壁的房间本打算做婴儿房，流掉孩子后又让家政阿姨住了一段时间，现在那里满是灰尘，凌乱堆放着她的藏书。这些书有一半是我给她买的，那时候她还是初入大学的孩子，对世界充满了新鲜与好奇，我说什么她都听，她的整个生活步调都是依照我定的。门边放着一个纸箱，上边贴了一张快递单子，收件人是我，地址是中国，箱子里装满了我的论文草稿和一些零碎文件，快递尚未寄出。她是多么努力地要把我的气味从这间屋子里抹得一干二净。

窗外下起了雨，屋里变得昏暗，我开了灯。灯的开关已不在原来的位置，灯换成了有流苏垂挂的款式。我能想象到她买灯时身边定有某个男人向她推荐和指点哪种款式更好，并且一定不是我曾喜欢的款式。我点了根烟，梳妆镜里映出我的脸，进入公司后的这些年我苍老得飞快，一笑眼角就会浮现出无数细纹，哪怕我在健身房花费再多的时间和精力，我在新进公司的年轻小伙面前也总黯然失色。她回来了。楼下传来熟悉的关门声。她买了一盒可颂还有一袋蔬菜做沙拉，她瘦了，我不在的时候她总是疏于照顾自己。她看见我时并不讶异，瞟了我一眼又继续捯饬手上的东西。"你换了灯。"我说。她不再抬头看我，只说："今天超市里的黄油卖光了。"

"梅，回到我身边吧。"

她像是没听见我说话，开了火，把家里最后一点黄油倒进锅里，锅底发出吱吱的声响。我说："你忘了先做肉酱。"她终于转过头来看我，指着我的眼睛说："你总是这样！你看这就是我要离开你的原因。我已经受不了你了！"我说："这是什么原因？我不明白，我做了什么？""你走，你走，你走！"她推着我离开厨房，我说："你看着点火！"她不管，只顾把我一路推到储物间，打开门，那里边漆黑无比，所有的旧物都了无踪迹，只剩一个黑不见底的洞。她要把我往洞里推,我死死拽住门框,一旦失足我将死无葬身之地。她一个弱女子不知哪来的力气,对我使了股狠劲,我的脚底一滑,整个人往黑洞里倾倒。

当我再次醒来时,我又回到了岛上,在那座茅草房里,木莎正提着一篮新鲜的虫卵从沙滩上回来,她告诉我我已经睡了四天三夜。地球磁场把我从海上带到了这座岛屿。我问木莎现在是哪一年,她一脸惊讶地看着我,她说岛上的人从不记录时间,他们没有历史,也从不问过去。我又问她有没有人曾离开过岛屿。她说岛上流传过一个传说,一个男子曾扬帆出海,他到过一个陌生的海岸,那里温热潮湿,丛林密布,就连皮肤都沾满了水珠。他走了许久也没见到人,他在那儿以啃食树皮为生,他绕过沼泽地,爬过山峰,蹚过河流,饥饿与酷暑都无法停止他的脚步。但不论他走多远,眼前始终是一片荒无人烟的土地。他用班布做信使,把消息带回岛上。岛民发现呼吸过外面空气的班布通体发黄,羽翼发黑,刚飞回岛上不久便断了气。人们由是认定外面的世界是不可生存的。神在土地上只播下一颗生命的种子,就是当下这片岛屿。

可笑至极。他们的一切都在挑战我的认知和理性。然而我在这片岛屿上也许不过是一只弱小的班布罢了。事情发生在某天夜里,一群男女趁木莎和她儿子不在,把我绑了出去。屋子里聚集了二三十个青年男女,无不瞪圆了眼盯着我看,他们的眼睛就像飘摇的火炬一样朝我聚拢而来,多少带着些猎奇的意味。他们摸我的头发,揪我的毛,盯着我的眼睛,但不论他们怎么努力,都无法从我的身上找到丝毫能证明我是奇异物种的证据。我在桌子上用石子向他们描绘世界的版图,我告诉他们何为人类,何为历史,何为社会文明。一个男人当面给了我一拳,让我闭嘴。他们把我关在地窖里,每夜只给我送来不足一口的虫卵。这地方潮湿阴凉,羽衣不足以保暖,我的肢体整日蜷缩着,不久整个人都消瘦了,全身发麻乃至僵硬。

饥饿与寒冷把我带回梦里。我又看见了梅,这一次她和一个陌生的男人一块儿坐在餐桌对面。男人特地在我面前搂着梅的肩,她亦不避忌,只是垂着眼帘,脸颊浮泛出些许羞赧之色。一个裹着青花瓷花色围裙的女服务生走上前来,问我们点什么茶。男人率先说道:"西湖龙井。"袅袅白烟从茶壶中升起,以至于我越来越看不清面前这两人。戏台上拉二胡的男人把乐曲拉得极悲凉,越悲越刺耳,弄得我心烦意乱。我憋不住说:"放开你的脏手!"男人的手还是骄傲地停留在梅的肩上。梅说:"吴瞳,这段婚姻还没让你成长吗?你不是这个世界的中心,不是所有人都得围着你转的。"她顿了顿又说:"你到现在还是什么都不懂。"梅厌弃地把眼睛瞥向一边,并侧了侧头靠在男人的肩上。二胡声愈发急促,宛如孤鸿悲鸣一般,响彻整幢茶楼。

"梧桐!"

我被男孩的声音叫醒。一只圆圆的脑袋出现在地窖的通风口处。

"阿里沙!快救救我!"

我顿时看到希望，可我僵硬的四肢却无法支撑我站起来或朝他挥手。

"母亲已经在想办法了。你再忍一阵子，我们就来救你。"

说完这话，男孩的身影消失了。地窖里重新恢复了死寂。有那么一瞬间，我在想，人死了以后是不是就这样？会彻底化成虚无，再也不能感受和聆听，四面八方皆是空白，你的肉体一天天消融，直至化作尘埃，你在无尽的空白的包围中逐渐忘却生时的种种，你就此消散，融入泥中，过不多久，那些曾经熟识你的人也会渐渐将你淡忘。倘若我就此留在这片孤岛上，也会如死去一般被原来的世界所遗忘。

木莎来了，她给我送来了水和虫卵，她一见着我便扬起笑颜，露出一排白而整齐的牙齿。待我吃饱喝足后，她又把一个长长的绳梯从通风口送进来。我说我浑身麻木，没法爬上这梯子，她像是没听懂我的话，一个劲地鼓舞我。也许是虫卵为我注入了些许力气，我艰难地拽住绳索，脚一踏上来，整条绳梯都在剧烈晃动。木莎在上头不停催促我，可我就是难以加速。她叫来阿里沙，俩人一同把我拉上去。他俩一个女人，一个小孩，不知哪来的力气拽得动我。漆黑的夜里，岛上的灯火皆已熄了，只有班布发出的点点荧光随着寒风漂流。我们在海滩上狂奔……后来我们爱上了沙滩，爱上沙滩那种柔软而包容的感觉。我们陷在沙里，如同贝壳一般，在只属于我们两人的世界里。我忘记了梅，忘记了我们那离世的孩子，忘记了那个飘扬着鸢尾花暗纹窗帘的房间，好像海水和沙会将我们带到一个没有忧愁和烦恼的地方。

木莎怀孕了，这使得她成了岛上的众矢之的。平日里，家中窗口会时不时飞进一两块石头，那是岛民们扔的，他们扔完就跑，仿佛害怕我用法术置他们于死地。有一回，一颗石子砸中了阿里沙的左眼，他疼得在地上直打滚，鲜血从眼里流出来，吓得木莎昏厥过去。我不会治眼睛，只知一些止血消肿的草药方子。阿里沙说特里老伯会医术，让我去求他。特里是岛上少有的见到我不惊慌的人，他好像早已料到我会来到小岛，从抽屉里取了一些膏药给我，说阿里沙的眼睛是治不好的，他的命数里记录着他迟早会失去一只眼睛。

木莎又变回了我最初见到她时的模样。枯瘦的四肢，只有腹部高高隆起，每每到了深夜，腹中的胎儿就开始活动。她说自己最近时常做噩梦，她看见家门前的大海上漂浮着一具具尸体，他们逐一随海浪起伏，天空中乌云密布，天仿佛随时都会压倒下来，覆盖在海上。

"我不敢睡着。只要我一闭眼，我就会看见那些曾经离开岛屿的人的尸体漂回来。"木莎说。

"母亲，你还好吗？"

"下雨了，又是一个令人昏昏欲睡的日子。"

"木莎，别多想，你这是产前抑郁症，等孩子生下来一切都好了。"

她再度睡去。梦里她不住地叫唤，那不是岛上的语言。我和阿里沙试图堵住她的嘴，但也无济于事。

"岛上很少下雨的。这是不是什么不好的征兆？"阿里沙说。

"别想这些封建迷信的东西。"

"封建是什么？"

"说了你也不懂。"

大雨把小岛摧残得不成样子。山谷里盛满了雨水，许多地方人已无法涉足。很多班布被淹死在雨水中，人们一时间无法采集到更多的虫卵以供日常饮食。树木倒塌，丛林里一片狼藉，往日飞舞的班布此刻都躲了起来，四下里湿漉漉的，人们每日待在家中，无法出门觅食。这下子再也没人有那闲心到我们窗前来扔石子了。我给阿里沙拆下纱布，他的左眼肿成一块黑球，眼皮合成一条细缝，他看着镜中的自己，决定还是把纱布裹上，那样看起来没那么丑。

木莎生产那天，雨下得最大。天空接连打了几个响雷，雨水像弹珠一样坠落在沙滩上，打出一个个窟窿，海浪高涨，岛屿如同遭到一场空袭，房顶仿佛随时要塌了。室外空无一人，就连最常见的班布也不见影踪。木莎羊水破了，却无人前来帮忙。我虽出身于中医世家，可对于女人生孩子这种事还是一知半解。木莎拽着我的胳膊，在我的皮肉上抓出一道道血痕，她请求我不要离她而去，我再三答应，她还是不停地哭求。

"听说母亲生下我那天没有一个人待在她身旁。她独自生下我后的半年里都无法下地行走。后来，是特里老伯让他的妻子来照顾母亲。他们说大难不死的都是被神选中眷顾的好人。"阿里沙说。

我实在没法当着阿里沙的面说我不会接生，只能帮木莎看开口大小。雨越下越大，仿佛会带着海潮一起把整片岛屿淹没。我比木莎还要害怕，我又想起自己被海洋旋涡吞噬的时刻，我真的以为自己要死了，海浪的高墙包围着我和船只，木块碎裂，割伤我的皮肤，风如一捆粗绳捆绑着我的太阳穴，巨大的声响淹没了我，也许那是死亡的力量。

我无法描述木莎见到孩子时的表情。阿里沙躲在角落里，捂住他尚未失明的一只眼睛，一步也不敢向我怀中的婴孩靠近。这孩子长相太奇特了。木莎试图从我怀中抢走孩子："把他杀了！"我说："不行，这是一条活生生的命！"木莎说："他不是人！他是灾星，是他带来了大雨，让成千上万的班布消亡。他必须死，否则小岛会迎来末日！"我抱紧孩子不让她触碰，我难以想象这竟是一个失去过孩子的母亲说得出口的话。我又想起我和梅的孩子，她亲口告诉我孩子已经离去了，我甚至已为他取好了名字，可我却等不到他出生，哪怕与他短暂地见上一面。我恨梅，而现在，我看着木莎，只觉得她和梅是那样相似。

大雨停了。小岛又恢复了暴晒。一旦温度升高，空气干燥，班布又活力十足地飞舞了起来。为了丢掉这个孩子，木莎不惜冒着被惩罚的危险把孩子的事公之于众。她让特里为其作证，说明这孩子就是岛屿的灾星。但特里什么也没说，他沉默着回到屋里,把门帘拉上。没有人亲眼见过孩子的模样,他被我护得死死的,因为一旦他被人看见,那便不只是像阿里沙失去一只眼睛那么简单,他极可能会被众人暴虐至死。上面的人只能实现对岛民的统领,对于我这个外来者他们什么办法也没有。那天傍晚,木莎一早就收拾碗筷离开家门,装作出门散步的样子,而后一夜未归。我猜她一定是去找上面的人了,她对付他们似乎很有一套。次日,上面果然下令让我交出孩子。当这群人又一次坐在我的面前时,我不再感到怯懦,凭我如今的岛语已经能够与他们流畅交谈。他们的目光如铁索般锁定我,恨不能立马将我这个能生下灾星的外来人斩首示众。我说,这孩子身上有一半的血统来自岛屿,他们若杀死他,也是在杀害自己的血脉。巫师怔住了,她沉思了一会儿又折返回去。木莎眼看着这招不顶用,便趁我不在时嘱咐阿里沙杀掉婴儿。

深夜,我佯装睡着了,阿里沙果然抱起襁褓中的婴孩出了门。产后的木莎嗜睡如命,我在她的呼噜声中蹑手蹑脚地跟着男孩出了门。阿里沙被我吓了一跳,他抱着婴儿的双臂在颤抖,他甚至不愿多看那孩子一眼。

"善良的阿里沙,小天使,你一定不会忍心看着一个孩子被杀害对吧?"我说。

"放过我吧。只要他死了,就什么事都没了。"

"你太天真了阿里沙。即便他死了,岛上的人还是一样。他们还是会对一个无辜的外来者痛下狠手,还是会逼迫一个无辜的孕妇关禁闭,还是会对一个善良的孩子扔石子砸伤他的眼睛。"

阿里沙缄默了,他把婴儿放在土地上,想走又舍不得迈开步子。

"那你说怎么办?"

"我有个好主意,把他藏起来,藏到一个没人知道的地方。"

"哪有这样的地方?"

"你的秘密基地。"

我们将婴儿安放在洞穴,这地方冬暖夏凉,还有大量班布活动在里边,只要有班布在,就能存活。我与阿里沙约定谁也不能将此事泄露出去,阿里沙说:"倘若他死在这儿怎么办?"我说:"我每天会定时来照看他,不会让他有事的。"回到家后,木莎还在熟睡中,如今她再也不做噩梦了,每夜都睡得极其香甜。我钻进被窝,后半夜一直睁着眼,我想阿里沙一定也和我一样难以入眠。

木莎编造了一个谎言告诉岛上的人:某天夜里,当她到婴儿床边的时候只瞧见褓褓空空如也,已然不见婴儿的身影,好像什么也没发生过,夜依旧一片沉寂。岛上的人便相信,这颗灾星只是错误偏离了命运的轨迹遗落在了岛上,如今他已经回到了属于他的地方。只有我每日都会划船到小洞去看望那婴孩。

老实说,他的相貌着实不堪入目。我只知道若孕妇饮食作息不正常,会生出畸形儿,但我从未见过哪个人类的孩子会长成这般模样。而他竟还是我与木莎生下来的孩子。由于没有母乳，我只能给他喝水。我把新鲜的虫卵捣碎磨成糊状喂给他，可他却将头撇向一边毫不理会。他对我身上用青草编织成的背心格外喜欢，总是凑上前来闻。我于是将青草磨成汁，他竟一饮而尽。他和班布一样，只需一点青草就能活上大半个月。偶尔，阿里沙也会随我到洞里来，但他每回都躲在洞口外，探出一半身子远远地观望他的弟弟。我招呼他过来，他总是摇头说算了。他拒绝我大概六七次以后，终于鼓起勇气迈开步子凑过来，可一旦看清孩子的脸，他又吓得立马闭上自己那颗独眼。我说，他喜欢青草，你拿着一根青草，这样可以轻易跟他建立友谊。阿里沙照做了，他把草折成圈状，在孩子面前挥了挥，那孩子竟笑出声来。这应该是他出生以来第一次笑。阿里沙也跟着笑起来，他对孩子的惧怕由此减少了几分，此后同我到洞里来的次数也多了起来。

"我们给他取个名字吧？"阿里沙说。

"好啊，取什么好呢？"

"你想要一个怎样的名字？"阿里沙问孩子。只听孩子冲他发出了些莫名的声音，阿里沙便说，"夹夹？好，那你以后就叫夹夹了。"

这一切木莎并不知情。自打她做出那样残忍的决定后，我对她的感情也生疏了许多。我此前从未想过，那个可以将一个陌生人拯救于水火的木莎竟也有这么冷漠的时候。白日里，我每每与她碰面，总感到有一丝难以言说的尴尬，这种微妙的尴尬将我们之间的距离拉得越来越远。吃完晚饭后，我时常独自一人到海岸边去待着，让大海的声音安抚我，让我从这一连串奇遇中获得短暂的安宁，直至深夜阿里沙来呼唤，方才离开。

我一直告诉自己，要好好爱木莎，她于我有恩，若不是她和阿里沙，我无法在海难后存活下来，兴许早已在海浪的裹挟中离去，或饿死在海岸上。我一直在心内将木莎视为妻子，那感觉与对待梅不同。我们一起经历了这么多事情，我们的心间已然产生了深深的羁绊，我相信这种联结会让我对木莎永远忠诚。

但我还是没能做到，因为我遇见了达丽。达丽是住在岛屿东部的女孩，此前我从未涉足那里，若非我每日到洞穴去探望夹夹，就不会在往返的路上与达丽相遇。她每日都在沙滩上晾晒班布。班布的躯壳晒干后可以用来制作各种各样的什物，锅碗瓢盆什么都行。我每日从海边经过，那姑娘总是不住地往我身上瞟，她一会儿看我，一会儿羞赧地把头低下，装作认认真真晒虫壳的样子。这样的女孩我以前没少在大学里见过。当然，她们看的不是我，而是那些比我高大帅气的男孩。相比之下，我只是一个傻愣愣的书呆子。因为每日在海边晒太阳，她的皮肤被晒成了红铜色，又因年轻，肤质细腻嫩滑，脸蛋娇俏。我没有初恋，我的青春期都在书本和课题中度过，每天睁开眼都是满世界的文字和公式，我也曾帮人递过情书，但没有一封是写给我的。后来与梅结婚也是父母安排。像达丽这样年轻貌美的女孩给我带来了满是初恋的错觉。有一天，我终于下船与她搭讪，"你的虫壳为什么怎么晒也晒不完？"她说："想知道吗？想知道就跟我来。"我舍下船，跟着她到了丛林里。她用一块锋利的铁夹子给我示范如何捕蛇。眼见着那条灰白斑纹的小蛇被一排铁齿咬断头部，我不禁打了个哆嗦。她把捕到的蛇扔进草丛里。岛上生物种类贫乏，岛民只吃班布，蛇在他们眼中是极不起眼的物种。我把蛇找了回来，告诉她蛇肉能吃。我切下一块烤蛇肉给她试试，她意外地说好吃极了。

"你还是没告诉我，为什么你的虫壳怎么晒也晒不完。"我说。

"因为我想见你啊。"她说。

我在她的脸颊上亲了一口，她立马羞红了脸。后来达丽告诉我说她这辈子从未喜欢过任何一个男性，我为这份殊荣感到受宠若惊。自此，我每日乘船都是为了到东岛来见达丽，甚至一度忘了洞穴里的夹夹。但我知道阿里沙会去照顾他。从今往后，这片丛林便成了我和达丽幽会的地方。每每我们相聚，我总感觉有一双眼睛在背后注视着我，就好像阿里沙说他父亲会时刻注视着我和木莎。那目光就像一条黑色的枷锁追逐着我，不论我走到哪它都跟着。我同达丽说起此事，她对此不以为然。她说那是她的父亲，只因早年间吃过药，如今变得形容可怖，只见一半形体，另一半化为虚无。我问她那是一种什么药。她说，那是上面的人委托巫师研发的用来治愈绝症的药物，就是将上万只班布的身体放入锅炉中锻炼，直至化为一种金色的液体。从前，上面的人会让一些身患绝症的病人去尝试。

"你父亲痛苦吗？"我问。达丽说："谁知道呢。他自打变成这样以后，就变得沉默寡言，我们同他说话他就跟听不见似的，对我们不理不睬。"我问："那上面的人吃了吗？"达丽耸耸肩说："这个就没人清楚了。"

我终于同达丽的父亲相见了，他确如达丽所说，身体的一半皆为透明，另一半为实体。岛上的人都对他绕道而行，小孩遇上了便捂住他们的眼睛。尽管他的身形如此，但依旧掩饰不了他对我居高临下的威力，他瞪着我，就像瞪着一只偷了他家粮食的黄鼠狼，眼里除了愤恨没有别的。他说，他不会让他的女儿跟着一个穷人挨饿。达丽父亲故意将语速放慢，生怕我听不懂："你来到岛上就是个误会，你终有一日要离去的。达丽不属于你，这儿的一切都不属于你。"老实说，他的话没错，我确实从一开始就盘算着该如何离开这片荒颓之地，若不是因为一系列事件接连发生，我恐怕早就再度造船，向大海航行。我看了看达丽，打心眼里觉得对不住她。我的教养告诉我要对一个女人怀有忠诚的爱，并对她负责到底，可我从来没做到过。

我离开达丽家的时候，她从家门追了出来，望着我的背影久久不舍离去。这世上最令人不忍心伤害的便是一个情窦初开的女子的心。她的眼里闪着光，那也许是眼泪，也许是爱情。回到家后，木莎坐在桌边等着我，她没准备今天的晚饭，阿里沙被她安排到外头，我感到事有不妙。她像一头母狼一样猛然间扑到我面前来,面部青筋暴起,眼睛里满是血丝,"我恨你。"她说着把我的羽衣扯破了。后来她放下我,浑身松懈下来,像一棵枯树一样坐在椅子上,她的眼睛突然没有了力量,好像有一片迷雾在其中,变得失落、无力、苍老。我又说:"我发誓,我会一直照顾你和阿里沙,绝不抛弃你们。"她轻轻地瞟了我一眼,似乎并未尽信我的话。她回到床上睡着了,从此和我分开了。

若想和达丽在一起,就必须向她父亲许诺永不离开岛。如果我再度起航,也许又会遇上巨型旋涡,把我卷回岛上来。假设,有万分之一的机会让我重归故土,又有什么值得我眷恋的呢?在一个普通公司每日重复着枯燥乏味的工作吗?或是作为一个一事无成的人继续在人们的嘲讽中苟活?还是眼看着梅把我最后一点东西寄回来扬言要切断与我的一切联系却无能为力?

我再一次与达丽的父亲阿格达面谈。为了给他女儿建造一个幸福的家庭,我向他提出了一条建议:"自从前段时间大雨过后,岛上就有了涝灾,许多岛民家中积满了水,山谷里、丛林中也出现多处洼地,积水让人们没法恢复正常生活。我可以在岛上设计一个排水系统,彻底解决这一难题。"

阿格达把眼睛瞥向一边,说:"你可别吹牛了。"

而达丽却说:"这个设想太棒了!只要梧桐能为岛做贡献,他就能成为岛的功臣!"

阿格达说:"你小孩子懂什么,你别听他瞎说。"

我说:"我是认真的,阿格达,请你相信我。我是从外面的世界来的,我知道很多你们不知道的东西。但我需要人力来和我一同建造这个排水系统。"

阿格达说:"没人会听你的,更没人会甘愿受你差遣。"

我说:"特里在民众中很受欢迎,只要求他替我说句话,相信能说服很多人。"

阿格达的半边脸变得平静下来,他开始暗自思忖,过了半晌才说:"那你得自己去跟特里说,只要能说动别人,后面的事再说。在此之前,你都休想再同达丽约会,以免你始乱终弃。"

"爸爸!"达丽撒娇般地请求阿格达,但阿格达丝毫不为所动。

离开达丽家后,我径直去到特里家中,向他提出了我的构想。特里坐在一个凹陷的圆盆前,也不抬眼看我。他们家是一个黑色的大帐篷,烈日炎炎,帐篷不透风,愈加炎热难耐。那圆盆中刻着无数个大小均等的格子,几颗筛子在里头转个不停。特里仿佛早已预料到这一切,神色泰然地说:"也只有这样了。"

三

梧桐迎娶达丽那天，我们家已经住进了一幢白色的大房子。那幢房子是梧桐带领一群汉子一同搭建的。事后，他给了他们许多虫卵和虫油作为报酬，并答应他们日后若要盖房子，自己一定亲自为他们设计。进入家门之前要先踏上几级台阶，门框是雕刻过的，那蜿蜒的花纹如海浪般包裹着门柱。进门后是一个宽敞的大厅，天花板和墙角也刻有花纹，那是林间的叶子和春花，比门上的波浪要细腻温柔。饭桌和储物柜上的花纹则是云朵和日月，太阳光照进屋里，仿佛能在这花纹上照出不同的色彩来。梧桐给我和母亲安排各自的房间，自己和达丽住一间。我有了只属于我自己的床、饭桌和衣柜，一切干净得令我感到有些难以适应，要知道此前我一直在满是灰尘和霉味的阴暗潮湿的房间里睡了数年吊网。听有的人说，上面的人住的房子和我们家房子比起来亦不过如此。寻常人大都未见过上面的人住的房子什么样，因为他们住在小岛最高的山上，没人会到那儿去。他们说这些恭维的话,不过是想进我家来瞅瞅,看看内里的装潢是否比外表还要华丽。

母亲不在我目所能及的范围内,这令我感到些许失落和孤独。她大多数时间都待在厨房里,梧桐开辟了一间专门做饭的屋子供她使用。达丽嫁过来那日,她一直独自待在厨房里,任凭外头多么喧嚷,她一次也不曾往窗外望去。我到她身边去陪她,她还在干炒虫卵,她的双手又干又皱,好像枯萎的花瓣。我从她手中抢过铲子替她干活,她却说:"到外面去玩吧。今天是你爸爸大喜的日子。是了,日后他就是你的父亲了,你得管他叫'爸爸'。"我笃定地盯着她说:"我只有一个父亲。"她说:"忘了他吧,他不配当你的父亲。""难道他就配吗?"母亲将我赶出厨房,我看见阿格达领着他的女儿远远走来。这个往日人见人怕的"过街老鼠",如今终于光明正大地走在人群中央,人们看到他那半透明的身躯似乎也不再感到害怕,而是纷纷羡慕他如何觅得这样争气的女婿。这块大饼不论落入谁的家中,都够啃一辈子的。梧桐正考虑在后院多盖一间屋子,日后也把阿格达叫过来住。自打梧桐在小岛地下建造了密密麻麻的排水系统后,岛内大量的积水就被顺利排入大海,人们又能重新踏入丛林中去捕猎,能到山谷里采摘,每户人家中也不再有积水浸泡。这个系统还有调水功能,人们用水时不再需要走上很远的路程到林间的小溪边去,只要打开家中的水龙头就能接水。梧桐成了岛屿的功臣,他的个子似乎愈加高大了,人人都用仰视的角度看他,目光中满溢钦佩与景仰。

"不愧是从外面世界来的人。"许多人这么说。小孩中又开始流行起这样的传言,还是要到外面的世界去,看花花万物,让自己变得焕然一新。他们纷纷去向梧桐讨教,但梧桐却告诉他们不要试图出海,在海的中央有一个巨型旋涡把小岛和外面的世界阻隔开来,不论你尝试多少次扬帆远航,都会被旋涡遣送回原地,或是直接丧命于旋涡当中。

梧桐从阿格达手中接过达丽的手,在众目睽睽之下吻了达丽的嘴唇。那一吻好像击中了我身体中的某块区域。我上了船前往小洞去看望夹夹。我把梧桐结婚的消息告诉夹夹,但他不为所动。他似乎天生不具备语言的能力,我不论教他岛语还是梧桐的外来语,他总是学不会,只知道成天叽叽呱呱地叫。有时候,他似乎能听懂我说的话,至少能感知我的情绪。比如当我同他分享我的新房时,他的叫声听起来稍显雀跃;当我告诉他母亲的孤独时,他的嘴里便发出低沉的嗡嗡声。

达丽嫁过来后生下了一个孩子。孩子出生那天,梧桐正在岛的南部监督下水管道的收尾工作,家里只有母亲、我以及阿格达。他去外边请求左邻右舍的女人,她们无不用看热闹的神色盯着他。我冲阿格达说,让母亲给达丽接生吧,她少说也生过两次孩子了。他犹豫再三,每每偷偷瞥眼看厨房里母亲捣鼓草药的身影,那瘦小黝黑的身影,他就不禁背脊一凉,然后摇着头说:"她不可能让达丽好过的。"

最后,孩子是由母亲帮忙接生的,尽管到这个时候阿格达仍不愿意承认母亲出于好心的事实。孩子的啼哭声响彻全岛,他长得那么漂亮，眼睛又大又圆，浑身皮肤白净，肤质细腻而富有弹性，我们从未见过如此可爱的婴孩，握着他的小手时，就像握着一朵云，你既怕它散了，又舍不得就此松手。这孩子当真是天神赐予我们的礼物，阿格达给他取名费希，在岛屿巫术的咒语中是满月的意思。这孩子一生下来就懂人事，每当有人迈进屋子里，他便立马挥手致意；别人同他说些什么，他也会笑着点头，好似话已在嘴边，只是没吐出来而已。他从来不撒泼，不哭泣，整日乖乖地待着从不惹是生非。费希满月的时候已经学会了走路，此前没有人教过他，有一天，只听达丽在院子里大叫，她指着卧室的窗子说："宝宝站起来了！"全家人一齐涌进屋里，正看见费希稳稳当当地站在婴儿床上，还朝前迈开步子，双手握着两边的栏杆以防摇篮过度摆动。梧桐一把抱起孩子，把他举到天上晃来晃去。突然，婴儿口中发出些微的声音，梧桐激动道："你们听到了吗？宝宝会说话，就在刚刚！"达丽说："我怎么没听到？你是不是听错了？"梧桐说："是岛语。宝宝，你再说一遍，快来！"只见婴儿闭紧了嘴、撇开头，仿佛闹着别扭，故意偏不开口，全家人看着他像个小大人的神情，一齐乐得大笑起来。

　　费希满月宴当晚，母亲住进了地窖里。这是达丽的意思，母亲没有反抗，梧桐则装作不知情。巫师说这婴儿是神的恩赐，上面的人还派人送来贺礼，当那熟悉的黑衣队伍沿着山路上下来，扛着一担又一担礼物迈进我家家门，所有人都看在眼里，这是上面对我们一家的认可，今日过后我们家将会今非昔比。费希字正腔圆地说:"谢谢大家今天来给我过生日!"他的声音虽然稚嫩,可语气听起来却相当老成。

我到地窖去看望母亲,她刚刚收拾好床铺,昏暗的灯光下她的脸看起来多了些老态。我给她带了床被子以防冬日严寒,还偷了几件邻居送来的衣衫给她。她把我的头压在自己的胸上,不停轻抚着我的脸。我说这本该是我们的家。母亲说,我们的屋子早已拆了,别再想了。

费希的身体以飞快的速度疯长,不到半年,他已经长成了差不多与他父亲齐腰那么高的个头。他问我:"你母亲住在哪儿?"我至今依然听不惯如此老成的声音从一个孩子口中说出。我说:"你问这个干吗?"他说:"少说废话,我问你你答就是了。"到了地窖,他让我待在门外,他要只身进去同母亲说话。我难以想象他会同她说什么,母亲只在接生时见过他刚出生的样子,而他此前从未见过她。费希在地窖里待了许久,出来的时候脑袋浑浑噩噩的,眼睛睁不开,嘴里喃喃不知在说什么,他一只手扶着额头,另一只手掰着门框,站不大稳的样子。我背着他回到房中,赶巧达丽刚从海边晒虫回来,正瞧见费希脸色苍白,浑身乏力,她冲我呵斥道:"你对他做了什么?"我尚未来得及回答,她已经将我推到一边,抱起孩子哭哭啼啼。

过后,我去问母亲,那天费希究竟来跟她说了什么。她犹豫再三,最后还是被我逼着吐出了实情。"他告诉我他的身体里装着你父亲的灵魂,他在用你父亲的语气同我说话。他说他回来了，他要和我们重新在一起，他要从梧桐手里抢回这个家。"我突然觉得有些好笑。岛上的女人都喜欢他，老妇人见了便给他吃给他喝，像疼儿子一样把他搂在怀里；小姑娘见了就争着抢着给他送草环。在岛上，女子给男子送草环是示爱的意思，男子若有意，便让自养的班布从草环中间飞过，二人可结连理。费希屋子里已经堆积了一抽屉的草环，可他一只班布也没有，梧桐不许他养。梧桐说了，岛民过度依赖班布，将其夸大为生命的来源，他要彻底改变这一疯狂的执念。

有天夜里，费希把草环都烧了，火堆升起浓浓黑烟，黑烟飘到夜色中。我揉了揉眼睛，还以为自己看走了眼。费希看着那些影子咯吱咯吱地笑，见她们消散得那么快，又自觉没趣，悻悻地回了屋，留下那堆被烧成灰烬的草环。我抬头看，仿佛在那一片烟雾中看见一张张少女的脸庞在空中忽隐忽现。她们的目光如清泉般纯净，无不对费希怀着赤诚的爱，她们笑起来的时候眼眸一闪一闪的，对所爱之人怀着无限憧憬。然而费希却将这些爱一把火烧得灰飞烟灭。女孩们的面孔很快在我的脑海中消散了。

一觉醒来，我已明显感觉到自己身体的变化，我比同龄男孩变得要晚一些，胡子像是在一夜之间长出来的，声线也变得厚重，个子拔高了许多。梧桐见了我，拍拍我的肩头说："是个大男孩了。"他把我领进书房，关紧门窗，把我拉在面前，语重心长地同我娓娓道来。梧桐说，他打算以我们家为中心圈地为王。自从他建设了排水系统后，收获了不少民心，大家伙都把他看作智者,是先知,是文明的领路人。梧桐自然不愿白白浪费了这份尊荣,当他对我说他要成为王的时候,他的目光灼热,黑眼珠里仿佛燃烧着两团烈火。我问:"王是什么?"梧桐说:"王就是统领,王也是服务者,为地方安排所有事物,让地方变得更加繁荣,让岛民生活得更好。"我感觉自己身体的变化就像是为了迎合梧桐的成王计划。我的心思和岛上任何一个人是一样的,梧桐无疑是当下最强的能者,除了他,恐怕没人有能让人人信服的威慑力。我又问:"那上面的人是什么?"他说:"他们本质上不过是一般的岛民,自以为是,利用大伙的善良和无知,对人们指手画脚。我看得出,很多人都对他们心怀怨恨,所以你要助我一臂之力,捣毁他们的蚂蚁窝。"我说:"蚂蚁是什么?"他说:"这你就不用管了。"

  我对上面人的心态至多是畏惧,说怨恨倒也没有,毕竟他们也未曾做过什么伤害岛民的事。我边走边想得出神,突然一个小姑娘从草丛里跳出来拦住我,紧接着三四个女孩也跟着蹦了出来。"阿里沙!"为首的女孩瞪着一双蟹壳大的眼珠子,身子肉墩墩的。我知道她,她叫阿嘟。阿嘟把女孩们手中的草环递到我面前说:"阿里沙,麻烦你把这些草环交给你弟弟费希。你知道,女孩子得矜持些,有些事不好亲自开口。"我记起昨天晚上费希把草环全烧掉的情形,便说:"你们为何要这样?他不过是个孩子。"阿嘟狡辩道:"他才不是小孩,他长得快,现在他至少是个十岁的大男孩了。"我这才看到在三个女孩的身后还默默站着一个熟悉的身影,她就是昨夜我梦中的少女。我对阿嘟说："可以是可以，但你们得答应我一个条件。""什么条件？""你告诉我她叫什么名字。"胖女孩拉着我走到小酒窝面前，指着她说："她叫伊芙。"我与她目光交汇，她的眼睛比昨夜空中的幻象更加清澈动人，这双眼睛加上酒窝，好像整张脸都在焕发光芒。她冲我笑笑，没有说话，阿嘟趁我不注意把草环全塞进我手里，然后拉着伊芙跑远了。

她们拥有岛民的五官和身形，却又看着那么陌生。如今女孩们为了赢得费希的喜爱，开始想方设法把肤色变白，她们成天待在屋里，只干室内活，任凭爸妈如何谩骂，就是不愿到太阳底下多晒一会儿。遮阳确实有点效果，但她们的白是捂出来的白，和费希那种纯天然的白净不可比拟。她们也想拥有大眼睛，于是成天瞪眼看人。她们开始学习梧桐从外面带来的语言，好像那种语言格外高人一等，其实只是因为费希时常挂在嘴边。久而久之，说外来语的人越来越多，尤其年轻一代，只剩几个倔强的男孩固执地坚守着岛语。岛上的男孩再也没了女孩们的注目，任凭他们造再大的船，捕再多的班布，也比不过费希那俊俏的面容、发达的大脑。小男孩与女孩互为两个敌对阵营，起先是互相吵嘴，后来索性见了面也不打招呼，有的甚至绕道而行。冷战持续了多日。而费希呢，他就跟没事人似的，不仅不理会反而还在私底下说："这可真有意思！"女孩们知道费希的态度后，愈发坚定地替费希捍卫他的尊严。

以前梧桐曾说，母亲是个渴望爱的女子。我问他爱是什么，他说爱是一个人对另一个人的依附，是一个人对另一个人的关心和在乎。当他说出这话的时候,我就知道他不爱母亲。他不曾将母亲放在眼里细细打量过,至于他爱不爱达丽,这不好说,现在他俩眼中除了彼此还有更多别的东西。那么我是否可以称自己是爱着伊芙的呢?当我把这个问题拿来问夹夹的时候,他歪着脑袋不知做何反应。我从食篮中取出一碗虫卵粥递给他,说:"我忘了,你是爱吃草的。可这粥是达丽最近研制出的,把虫卵研成碎粒,在里头加入蟹粉,这样一锅粥得熬上大半日才完成,比以前干巴巴的虫卵好吃多了。"现在达丽在家门外摆起了小摊,想吃的人只要拿东西来交换都能吃上。夹夹尝了一口,似乎觉得还能接受,紧接着又尝了一口,为了促进他下咽,我给他采来了些海草。

"啊哈!被我发现啦!"

我吓得一回头,竟看见费希站在我身后。他指着夹夹边笑边说:"这难道就是传闻中父亲和木莎生下的丑八怪?原来他还没死!"

"费希!你……你怎么在这儿?你不该来这儿!"我已紧张得语无伦次了。

费希伸出两只大手朝夹夹走来,说:"这下让我抓个正着!"夹夹怕得浑身发抖,步步后退。由于他的双腿发育不健全,粗而短小,一个重心不稳便摔倒在地。我赶紧护住他,并冲费希怒目而视,希望他能读懂我的眼色。然而他并没有,他还在持续向前,我禁不住朝他脸上挥了一拳,他的身子忽然往后仰,脑袋磕在一块大石上。

"我说了让你赶紧滚！"我大吼。

"如果让所有人都知道这个怪胎还活着会怎么样？"他镇定地从地上坐起来，笑眯眯地望着我俩，眉目间散发出一丝挑衅的神色。

"你想怎么样？"

"那要看你会不会做了。"

"只要你不把夹夹的事说出去，让我做什么都行。"

他转了转眼珠子，说："你让我见木莎，我就替你保密。"

"我母亲已经被你母亲关进地窖里了，你为什么还不肯放过她？"

"你自己做选择吧。"

夹夹在我怀里放声大哭，他哭起来的声音难听极了，可我又不能将他推开。费希用手指堵住耳朵说："快点做决定吧，吵死了！"我只得答应了他，回到家后还得照着他的意思对梧桐说他头上的伤是我弄的，只因我嫉妒他，所以才痛下狠手。为此，达丽扇了我一巴掌。从我出生到现在，还没人扇过我的脸。穿过达丽的腋下，我看见费希正在那边偷笑，还发出吱吱的声音。为了警示我日后不许再犯，梧桐罚我在院子里跪一晚上不许睡觉。这会儿母亲还在地窖里，家中没人替我说话，他们回屋后，卧室里还传出费希的大笑。

小岛夜间气温极低，我跪在院子冰凉的水泥地上，膝盖又麻又疼。露水慢慢爬上树梢，在低温的裹缠下仿佛变成了一颗颗晶莹的珠子。夜色犹如一把大伞，从我的头顶压下来。我多想扑到母亲的怀里去向她诉说我的苦楚，尽管我已是个大男孩了。我从裤兜里取出女孩们的草环，一把火全给烧了，那升腾的黑烟中又浮现伊芙的笑容，她的酒窝是夜空中最闪耀的两颗星，照得我通体温暖。她一定不止一次给费希送过草环了。我的心顿感凄凉，就如烟雾消散后的夜空，深邃而空旷。

费希从我手中抢走了地窖的钥匙。他每天都会去见母亲，我便跟在他身后监视他的一举一动。他每回都用一副老成的腔调跟母亲说他是她的丈夫。我还听见他亲口骂自己的母亲，说那是个"心肠歹毒的贱妇"，他会赶紧想办法把她从地窖里救出去。他揪着母亲的胳膊，正当我要冲上去把他扒开的时候，母亲已经一巴掌扇上去。

"木莎，难道你真的爱上了那个不知打哪来的男人？我们曾在岛屿的每一根树枝上、每一块海滩上、每一片灌木丛中亲吻拥抱；我们曾在全岛的祝福中成婚；我曾带你到海上去看鲨鱼，这些难道你都忘了吗？"这些话配上费希那张稚嫩的脸，令人作呕。

"梧桐是你的父亲，你不能那么说他。"

"哼，他贪得无厌又自以为是，事实会证明我说的话。你现在成了他手上的一枚棋子，你要在这间牢房里待一辈子吗？"

"你赶紧走，这不是你该来的地方。"

"我要带你一起走。让我们离开这鬼地方，这儿不是人待的地方。"

母亲将他从地上抓起来，使尽浑身解数拽出门口，然后将门反锁上。任费希在外头如何叫喊也没有用。回到地面上后，费希又变回平时的样子，他扭扭脖颈，好似感觉浑身不自在，像是被谁惹恼了。

　　他走出家门，抓住一个女孩说："昨天有个男的来辱骂我，说我不知天高地厚还妄想征服全岛。"费希的话还没说完，那女孩一听就来气，扬言要拉上自己所有的小姐妹去找那帮男的算账。这时，费希又拦住她说："你别去！没多大点事。我早已习惯了。也许我在人们眼里就是这样一个人，整个世界都没人能理解我。我真没用，我好孤独。"费希从嗓子眼里努力挤出点哭腔，女孩一听就对他怜惜不已，对他投来母爱般的目光。女孩说："我理解你。你还有我们，岛上所有的女孩都是支持你的。费希，你永远都不会孤单。"费希听后揉揉眼睛，好似在哭，又爱怜地轻抚了一下女孩的头发。

　　费希的话一传十，十传百，岛上的姑娘们都认为男孩们嫉妒费希，合起伙来孤立他。愈是这样，女孩们就愈是要团结起来疼爱他，保护他不受伤害。她们愈发讨厌岛上的男子，冷战愈来愈严峻，男女间不仅互不交谈互不对视，就连日里干活的时候也不再互相帮忙。对女孩而言，她们怀着一片真心和母爱守护费希宝贝，这个她们做梦都想嫁的男子。但在男孩眼里，女孩们既可笑又可怜，她们不过是费希手中的提线木偶，真正被孤立的人不是他费希，而是所有的年轻男孩们。费希每每看到这样的场景，就在背地里偷着乐。他这辈子最大的爱好就是挑起纷争，但凡有矛盾的地方就有他的身影。阿里沙问他："你为什么要这么做呢？"费希假意道："你在说什么？我怎么听不懂呢？"阿里沙说："你讨厌他们吗？"费希说："你永远别想揣测我心里想什么。在这座岛上，我想做什么就做什么。"说罢，他便将手背在身后，大摇大摆地扬长而去了。后来，事情竟发展到了一发不可收拾的地步。听说，有一群男孩和女孩在沙滩上吵起架来。

"梧桐，外边有人找。"

阿格达如今已成了我们家的总管，门外但凡来了人都要经过他盘问。几个成年男子提着礼物走进院子，他们一看见梧桐，先是互相私语了一番，似乎没人敢向前踏出一步。

"什么事？"梧桐先开了口。

为首的是一个名叫热拉的中年男子，个子比常人稍高些，是岛上出了名的老好人，家家户户几乎都认得他。他将篮子递上前来，率先开口说："这是我们用班布的尿液制成的调味酱，既好吃，又对身体好，希望你笑纳。"

阿格达将篮子收下了，梧桐并不细瞧，只说："你们为什么来，直说吧。"

"前两日闹得沸沸扬扬的事不知你听说了没？就是孩子们的事，不知怎的吵了起来，闹大了，几个人互相拉扯，不小心摔倒了，还受了伤。这不是一次两次了，再这么下去怕不大好。我问孩子们怎么回事，他们便说，是女孩们污蔑自己骂了费希引起的误会。当然，我们不是责怪费希，人人都知道费希是绝顶聪明可爱的孩子。这其中一定有什么误会。当下,我们这些家长说话已经不顶用了,不如请梧桐出面,你的话,大伙一定会听的。"

梧桐沉思了许久,其他人见他不出声,以为他果然为儿子动了怒。费希是梧桐的掌中宝,他定然是站在费希这边的。梧桐抿抿下巴,又思索了一会儿,最终开口道:"要我说,这都是闲出来的毛病。可以给他们找点事做,就不会成天把这些鸡毛蒜皮的事放在心上了。"此话一出,在场的人都面面相觑,梧桐继续说:"那几个受伤的孩子,我想我能治好他们的腿。而剩下的孩子,我希望能将他们组建成一支训练有素的军队。"

"你的意思是?"

"上面对我在此已严重不满,他们派人制裁我是迟早的事。与其等着束手就擒,不如自觉反击。这件事我已经考虑很久了,正好你们来提起此事,更加让我确定了我的计划。"他似乎看出了在场人们脸上的犹豫,又说,"我早已听闻大家好斗善战,体格强健,若集中进行专业训练一定会变得更加坚韧。这不仅是对上面的反攻,拥有健壮的体魄,对日常打猎建造也是有百利而无一害的。"

大伙似乎轻易就被梧桐说服了,他们纷纷点头称赞,似乎忘了最初来找梧桐的目的。待众人离去后,梧桐又对阿格达说:"吩咐下去,所有自愿加入军队的男子,不论年龄大小,都能定期领取俸禄供给家庭,训练出色的军人还能得到不同等级的勋章，等级越高俸禄越高。这是男孩们向女孩们，甚至是向这个世界证明自己的大好机会，希望他们都别错过了。"

消息一发出去，男孩们纷纷报名，阿格达手里的表格已密密麻麻写满了名字。费希得知此事后气急败坏，他万万没想到事态竟会朝这个方向发展。

四

夏天的时候,岛屿上会开满雪白的花。花朵开满树冠,如同翩跹的裙摆,风一吹就会落下大片的花瓣雨。岛屿上只生长着这一种花树,似是供班布栖息而生,每棵树都是班布的巢穴,一摇树干就会涌出如黑旋风般的虫子,虫子噙着花瓣,把它们带到山谷里,带到海上,带到所有没有芳香的地方。而今,烟火与沙尘把花瓣湮没在地下,只剩下四处倾倒的房屋残骸,以及路旁淌血的尸首。

我最小的儿子巩夏正在我的怀里熟睡,他出生在战争发动以后,打出生起就没睡过一次好觉。每当地动山摇的轰炸声传来,他就惊得哇哇大哭,他母亲达丽已被他的哭泣弄得神经衰弱。现在他如此安静地躺在我胸口上,呼吸均匀有序,脸蛋如同细腻的白面团,让人有想捏一捏的欲望。

我时常想,如果我们不是生活在岛上,而是在我的家里,我甚至已能在脑海中望见一幢洁白的房子,屋门前有一块翠绿的草地，达丽正在木桌上摆弄中午的餐食，女儿阿丽珊梳着两条麻花小辫，穿着一件不合身的连衣裙，踉踉跄跄，边走边踩着裙角摔倒。她拉着母亲的裤腿央求她陪自己玩耍。草地另一边是巩夏和费希，他们正在陪伴小狗做游戏。而阿里沙在二楼的窗台边上，他已经长成个小青年了。我想过那样的生活，那样安静、祥和、无忧无虑的生活。

　　达丽常说我总是喜欢想一些不切实际的东西。她是个善解人意的女人，总能在我陷入困顿的时刻出现在我身边，开解我，像母亲一样心疼我。这场战争的策划花了四年时间，研制弹药，训练兵卒，几乎耗费了我所有的脑力和耐心。我如一只在茧中挣扎着尚未长成的蝴蝶，既痛苦又无能为力。达丽宽慰了我，然后怀上了巩夏。当达丽的肚子开始明显凸起后，我便时常做类似的梦。梦里一个高壮的男子朝我走来，他穿着近似文明世界的衣服，却是用班布的羽翼制成的；他的头发是和我一样的自然卷，轮廓硬朗有男子汉的气概，背了一个旅行包，他说自己是个旅行家，已经走过岛屿附近的数片群岛，只为寻找那片文明的世界。

　　"我是巩夏。"

　　不知道为什么，我竟愿意相信他。

　　他和我走在一个无尽的迷宫之中，回忆被制成一张张幻灯片串联起来缓缓在我面前滑过，包括登岛以前的回忆以及岛上的记忆。我看见儿时摆满奖杯的书柜，父亲在大学教室里讲课的样子，我看见医院担架上的梅，地窖里的木莎，甚至洞穴里的夹夹。他自顾往前行走,一只手拄着一根登山棍,另一只手捧着个军用水壶。我问他还要走多久,他说不知道,但是天黑了,得加快步伐。

"如果你想前进,那么现在是时候了。"他说。

醒来以后,我号令发动了第一场战争,并领兵朝着高山的方向进发。战火席卷大地,地面塌陷,黄沙四起,张皇失措的班布漫天飞舞。达丽说,她不曾见过这样的小岛。

一声巨响,地面微微震颤了一下。巩夏被惊醒了,他再度哇哇大哭起来,这回哭得更有力度,带着美梦被人惊扰的恼怒。格瑞回来了,一掀开帐篷的帘子就瘫倒在地上,他的衣衫破烂不堪,裤子被截掉了一大半。这是原本住在我们家隔壁的小伙子,只比阿里沙大三四岁,他是最早加入军队的小伙子之一,带着满腔热血和斗志,总是冲在队伍最前面。我答应他过阵子要封他为将军。我招呼营帐外的人进来给他上药,他咬着牙不敢喊疼,似乎哪怕一丝呻吟都会令他男子汉的颜面掉光。

"第二支队奇袭未成,已经全军覆没了。"

我知道,这些巩夏早已在昨夜梦中告知我了。我总是试图破解梦的谜团,随之而来的是更多将士的牺牲,我再也不敢轻举妄动,不然我便成了一切血液和硝烟的罪魁祸首。格瑞的血流得越多,巩夏就哭得越厉害,似乎是在责备我没有听从他的警告。

夜晚,我一直醒着,营帐里的床是用绳织成的,我在上头摇来晃去,头脑愈发清醒。我看着一旁的巩夏,他早已无声无息地睡了。方才，营地上的士兵们举行了一次开战礼，就是所有人围绕在火堆旁舞蹈，舞蹈的姿势和动作来自远古先贤遗留下来的记录。格瑞说没听说岛屿有过战争的历史，但刀光剑影的杀戮却赫然刻印在先贤的书页上，我现在把它重新取出。酒过三巡，士兵们都横七竖八地倒下了，火光照耀着营地，空气里漂浮着不远处海风吹来的咸味。我愈是惦念着这场即将展开的战役就愈是难以入睡。我从兜里取出早前从特里老伯那儿买来的迷魂香，据说只要闻一丝它的气味就能立马进入梦乡。我要去到梦里，和未来的巩夏见面，去向他询问这场战役是否有进行的必要。

我没有见到他，不知为何，他明明就躺在我的身边，我甚至能感受到他温热的气息。我在梦里步行了许久，记忆的图画依旧在我身边盘旋，我感到脚底轻盈，土地软绵绵的，没有马路牙子，没有路标，我在漫无目的地行走，一切都飘忽不定，我的思绪像蚕丝一样缠绕着我，牵引着我，让我难以呼吸，直至放弃挣扎。

我醒了过来，这是自巩夏出生以来第一个我没有梦见他的夜晚。这着实令我的心惶惶不安。我问士兵孩子在哪儿，对方告诉我孩子已由他母亲接回了家。这时，一只手掀起门帘，费希走了进来。我说："你怎么来了？这不是你该来的地方。"他没听见我说话似的，自顾说："父亲，今天这场仗请让我带兵出战吧。"我故意没看他的眼睛说："不行。"我让士兵退出去，留我俩单独说话。费希仍在坚持："为什么？我每天待在家都快闷死了！岛上所有的青年都参与了战役，除了我。"我说："那是因为你还不是青年。你今年只有七岁，你还是个孩子。"我把重音放在最末两个字上，希望他能知道，尽管如今他的身体看起来比阿里沙还要年长，他的嗓音变得粗粝，加之成熟老到的口吻，听起来十足像个中年男人，但他依然只是个孩子。我说："你得在家保护家人。"他说："如今家里被士兵们里三层外三层包裹得严严实实，一只班布都飞不进去，用不着我保护。"我说："过些天阿里沙就要举行婚礼了，我顾不上那么多，你得在家里帮忙张罗。"他说："父亲，我一定会打赢这场仗的。我有信心也有这个能力。"

"好吧。"我最终还是妥协了，"此次出战仍由格瑞做将领，你可作为他的副将，再带上努耳拉和他的部队助你。我最多只能让步于此了。"

费希听到这话后高兴得简直要飞起来，这种时候他的顽童本性就暴露无遗。这便是我安排格瑞看住他的原因。让他到战场上去学习经验倒不是什么坏事，兴许看多了肉搏血战他就会乖乖回家了。我唯一遗憾的是没能看巩夏最后一眼，这也许是对我上回没有听从他的忠告的报复。我曾经耻笑自己为什么所有的战略都要听从梦的指引，那不是一个从小接受唯物主义哲学教育的人应有的态度，况且这也是对我个人智力的讽刺与怀疑。我绝不容许这样荒谬的事再出现。为此，格瑞和费希领兵离开后的每天夜里，我都睁着眼睛。格瑞尚未送班布回来报信，我亦不知前线的战况，只好每天浑浑噩噩地待在自己的营帐中。我站着，或蹲着，甚至倒立，连坐都不敢，我担心我的身体一旦靠近物品就会把意识快速拉入梦中，在那里，有未来的巩夏在等我。他像风筝一样跟随我，迫不及待地向我预知一切。我不晓得那些话是真是假，但我不能听，否则会乱了我的心志。坚持两天不睡后，困意逐渐占领了我。我于是给自己做针灸，用冷水洗澡，用刀子磨出尖锐刺耳的声音，所有我能想到的办法我都试过一遍。

"首领！"一个士兵叫醒了我，我一下从椅子上跳起来，桌上的匕首险些落在我的大腿上。幸好他在我将要坠入梦境以前及时叫醒了我。已经六天了，我预感自己撑不过第七天，前线还是没有送回战报，也许今晚我就会梦见巩夏。我的眼周裹着一圈浓密的黑云，面色灰白，头发脱落了一半，身体也迅速消瘦。我决定去询问特里。我拖着倦怠的身子去找特里，当我掀开他的门帘时，我感觉自己用尽了最后一丝力气。他一听见我的脚步就知道是我来了，立马让他的妻子给我倒茶。岛上所谓的茶是用青草泡的，不仅味道苦涩，而且散发着一股浓浓的青草味，这让本已觉得失了半条命的我苦不堪言。

"有没有什么能让人睡着后不做梦的方子？"我问。

"你把医术带到了岛上，开了医馆，研制药物，治好了人们各种疑难杂症，所有人都管你叫药神，如今为什么反而要来问我如何医治梦症？"

"因为我能医治别人却不能医治自己。"

"因为梦不是病症，梦是神启。"

"可我从来不相信神启这种东西。"

特里说他没有能让人不做梦的法子。我也不再为难他,独自离开他的帐篷。在回军营的路上,我终于摔倒在沙滩上,海浪漫过我干枯的身躯,把我带入梦中。

巩夏就在迷宫走廊的尽头,他冲我说:"我已经等你多时了。""可我并不想看到你。"由于过度疲弱,我的声音卡在了喉咙里。他微微一笑,好像他是我慈祥的父亲,用笑容谅解一个调皮犯错的孩子。他带我走过密林,林中的水没过膝盖,蛇在我腿边游动,阳光从枝叶的罅隙中露下来,照着巩夏背包上的金属扣,灼伤了我的眼睛。他带我翻越一座又一座山,他的笛声在晚风中悠然飘荡,他的身姿像是个走失在王城外流浪的王子,我丝毫不觉得他有一点像我,我也无法用父亲的口吻同他对话。

"你将迎来一场灾难。但不是最近。"

巩夏看着我,晚霞把他的头发映成了红色,他的五官陷在阴影里,看起来是那么孤独。他说完就消失在了迷宫中。清晨的光照在我的眼皮上,我的身上盖着被子,鞋已脱了,有人将我从沙滩抬回军营。我叫来士兵,问他前线有没有传回消息,对方摇了摇头。我不能继续这样坐以待毙,孤立无援对我来说就是等死。我想到了阿里沙,也许他能帮我点什么。

开战以前,我刚刚为阿里沙举办了婚礼。阿里沙是我来到岛上遇到的第一个恩人,若不是那孩子,我兴许早已被岛民用以祭奠他们的天神。我早已将他视为自己的亲生孩子。岛上的男孩们结婚早，加上他们从不计算自己确切的实际年龄（我也不知阿里沙究竟多少岁了），大约在孩子们拥有生育能力后不久就开始进行婚嫁。想要把姑娘嫁进我家来的人不少，尤其是那些想同我做建材、药材生意的人，他们心里打的什么算盘，我不用看都清楚。但阿里沙那孩子似乎没这意向，也许是发育迟缓，他对于男女之事一向甚是漠然。有回我让达丽去旁敲侧击，她回来告诉我说阿里沙声称自己没有这方面的意愿。我拿这个借口回绝了不少人家，但礼物依旧一箱又一箱地往我们家里送，我越是婉拒，别人越是觉得我在故作矜持。

一日，我把阿里沙叫到我跟前，对他说："结婚是一个男孩成为男人的必经之路。你是时候做出决定了。"阿里沙淡然道："我如今只想在家里替父亲制药材，让更多的人有药医病。"我摸了摸他的头，说："阿里沙，你是个善良的好孩子，我果然没看错你。只要你同意结婚，我就让你像费希一样加入部队，为我们的部落而战。"阿里沙转过视线，望着手中捣药的锤子，说："父亲，我已经说过了，除了制药材以外，别的我什么都不想。"我把他的身子摇过来，让他注视我的双目，说："无欲无求不是一个男人应有的心理状态。你是不是喜欢那个名叫伊芙的女孩子？你和她结为夫妻不就能组成一个完满的家庭吗？"我看见阿里沙的眼睛里闪过一道亮光，他怔了一下，似乎并未料到我会说这些，但他很快又将神色收了回去，说："但她的心上人是费希。她并不喜欢我，她连我是谁都不知道。"我说："你是我儿子，这全岛的人都知道。每个女孩都巴不得嫁入我们家来,她不会例外。"他害羞地挣脱我的双手,默不作声,但他的态度显然不似先前那样坚决了。

我派人到那个叫伊芙的女孩家提了亲,一切立马成了板上钉钉的事。

回到家后,我首先到婴儿房去看了摇篮中的巩夏。他正醒着,睁着圆圆的大眼珠子,发出咯咯咯的笑声。他姐姐阿丽珊正用一只班布壳制成的拨浪鼓逗他笑,他似乎很喜欢姐姐,平日里我和达丽试了许多办法都无法让他笑起来。阿丽珊见到我说:"爸爸你回来了。"她是家里最乖巧的孩子,我说的乖巧指的是她不闹事,没有什么乌七八糟、稀奇古怪的事来烦扰我。她的皮肤呈铜色,瘦削的身形,大眼睛长睫毛,既是最符合岛屿特色的样貌,又继承了她母亲的俏丽。我看着巩夏说:"这孩子最近还哭得厉害吗?"阿丽珊说:"从军营回来以后就没再哭过了。爸爸用了什么法子?"我苦笑道:"爸爸什么也没做。"看巩夏不再闹腾,我便放心走了,阿丽珊从背后叫住我:"爸爸,你还会回来吗?"我笑着说:"战争就快要结束了。到时候咱们一家子会长长久久地待在一起。"阿丽珊笑了,她笑起来的样子就像一串熟透的山楂果。

婚礼当晚,我头一回见到那个名叫伊芙的女孩。她的模样看上去并没什么特别,在我心里全然没有阿丽珊漂亮,但阿里沙会看上她一定自有缘由。女孩身上披着一层漂白过的班布羽衣,她父亲牵着她的手,一步步走进我们家大厅。女孩低着头,她的羞涩与其说是新婚的幸福,不如说是站在众目睽睽之下的慌张。老人把她的手交到阿里沙手上,她亦不曾看他一眼。阿里沙绅士般轻轻提着她的手,和她保持一定的距离,在他的身上你能看见不属于这座岛屿的礼貌的自觉。阿格达在一旁说:"首领,请你为这对新人祝福吧。"我从达丽手上接过一盆白花,将其撒在新郎新娘的身上。这些花原已被沙尘掩埋,花季已去,树枝上早已光秃秃一片,是达丽今晨带着阿丽珊去寻找,从泥沙底下将花瓣挖出,洗净,以备婚礼时用。我早就对达丽说过,要把阿里沙当成自己的孩子看,尽管我知道这对她而言勉为其难。白花盛放在生命力最旺盛的夏季,象征着蓬勃的希望与生机,因而常被岛民用于新婚的祝愿。白花如雪一般飘落在阿里沙和伊芙身上,他们俩自始至终没看过彼此一眼,而是虔诚地低着头,倾听神灵的降旨。

深夜,我起床去解手的路上见到了阿里沙。他独自在庭院中徘徊,新房的灯火已熄了,方才筵席上他被灌了太多酒,如今脸颊依旧通红。晚风吹得他不禁抱臂瑟缩,他对着青草上晶莹的露水喃喃自语,露水在微风中荡漾,好像能听懂他的话。我想上前同他说些什么,但转念一想他如今已是个男人了,有自己的自尊和体面,一定不愿被人看见他最孤独的样子。

如今阿里沙已经成婚,我便将一些军中事由交付于他。出门前,他背了个大药箱子,说战场上伤亡无数,听说军营的药品短缺许久,又没有人手帮忙照料。听阿丽珊说,哥哥几乎每天都在家里为死伤的战士祷告,我能想象到阿里沙独自坐在药房里双手合十的样子,他澄净的眼眸就像降落在人间的天使,但他的聪慧不应只用在这些方面。来到营帐内,伤员们一个个躺在地上,身上盖着白布,军中没有多余的被子供他们保暖,血淌了一地,他们奄奄一息,甚至没有呻吟的声音。阿里沙见到这场景,不禁打了个寒噤。我说:"别怕,孩子,他们都是为岛屿冲锋陷阵的英勇的军士,我们该向他们献上功勋才是。"阿里沙看着我,他的眼睛如同两个幽怨的深渊。我又说:"这些人的伤势我几乎都看过。这边几个没什么大碍,只是太累了,休息几天就好。那边三个的腿已经彻底断了,我考虑给他们接上假肢。"阿里沙说:"父亲,你一个人照看那么多人,你受累了。不如多安排几个看护的人进来,比如女人们,她们一直待在家里。"我说:"别把妇女也扯进来。这儿已经乱得一团糟了。无法重返战场的士兵可以留下当护工,这样可以节约人手。战火累及班布,岛上的虫子大批大批地被炸死,用来医治外伤的班布的尿液已经严重不足,可以叫女人们在家中饲养班布,然后运送至军营。"阿里沙说:"我按照父亲的药方,配制了许多专治外伤的草药,就放在营外的空地上。"

阿里沙照着我的交代一一为伤员擦身、上药,他每天天还没亮就进军营,一直待到三更半夜才走,有时他累得直接倒在营帐门口,等有人将他送到我面前时,我看见他嘴唇干得裂皮,身形消瘦,脉搏也弱得很。有几个受伤的小伙子主动提出留下照顾伤员,我知道他们平日都是些胆小怕事的孩子,不过是害怕再到战场上去再次面对死神的挑战。我应允了他们。

我对阿里沙心怀愧意，他才新婚不久，就被我拉来军营。但阿里沙却对我说没什么大碍。我从他的眼睛里看出一丝寂寞的哀伤，我又记起新婚当晚他独自一人在庭院里徘徊时的身影，屋里的灯灭了，看不见人影闪动，想是睡了。后来听家里的帮佣说，阿里沙时常在深夜独自起来散步，偶尔被起床解手的帮佣看见，吓得以为是黑夜里游荡的孤魂野鬼。他瘦了——他本来就瘦，结婚以后更是暴瘦，身上的能量都尽数流散了似的，没人知道他究竟经历了什么。

格瑞回来了，他带回了开战以来最坏的消息，前线的军队投降，士兵全员成了上面的俘虏，连费希也被掳了去。上面的人留了格瑞的活口，让他独自回来带话给我，说如果我想要救费希，就去同上面的人谈判，至于谈判的条件是什么，格瑞也不知道。我在营帐中踱来踱去，内心焦躁如失火的草原，我就知道不该答应让费希带兵前去，哪怕是有格瑞这样体格精壮、战术精明的汉子跟随，那孩子一向任性又有主见，格瑞也不能奈他何。我尝试着入睡，到梦里去问问巩夏究竟该如何是好。

梦里是一片蓝色，就像我多年前在水族馆的玻璃墙前看过的那种蓝。身背行囊脚踩山地靴的巩夏没有出现，没有迷宫，只有一片无边无际的蓝色。

醒来时天已亮了，我喝了口水，把营帐外的格瑞叫进来。我问他："为什么你昨日回来的时候穿戴整齐，毫发无损？"格瑞头也没抬，一手紧握着另一边手腕，我大步迈向他，一把将他的下巴提起来，他颤抖着身子盯着我，眼球中血丝密布，目光不断游离又不断被我的眼睛拽回来。我说:"我可以杀了你。如今战火连年,死一个人没什么稀奇。说不说是你自己的决定。"我放下他,他立马跪在地上,额头贴着地面的黄沙。他说:"我就是说了,你也不会信的。"我说:"你在小瞧我吗?"他说:"不敢!我绝没有那意思!"我说:"到底怎么回事?"他的额头终于离开了地面,微微往上瞟了我一眼,又瑟缩回去,说:"是费希,上面的人见了他,说了许久的话,我们余下的人都在外头听候,谁也不知他们说了什么。费希出来时,宣布全军投降,我手下的人全被侍从带走了,关在山洞里。不给吃喝,也不让睡觉,谁敢闭一下眼就要接受鞭刑。说是日后要回来攻打你的营垒。"我说:"那费希呢?"他说:"上面给费希封了个官位,具体干什么的不知,好像颇受尊崇。我听到了费希的笑声,没能同他说上一句话就被打发走了。"

我挥了挥手让他出去。他口中的费希令我感觉陌生得可怕,那孩子平日在家时无比乖巧,我或他母亲说什么,他总答应得流利。不过话说回来,那孩子生长得奇快,本就不同于一般人,若按他的成长速度计算,如今他的心智已有四五十岁了。我还是不愿相信,尽管格瑞没有理由会骗我。我写了一张字条,让我送给费希的一只班布送去,这虫子识得费希的气味,不论他在天涯海角,都能找着他。

"父亲,你别太伤心。"阿里沙对我说,他的眼睛平静如镜,像是早已看穿一切。

"你早就知道他是什么样的人？"

"我不知道。他打出生起就跟被魔鬼附身了似的，常常做出一些令人匪夷所思的事来。"

"倘若格瑞说的是真的，那么不久以后他就会带着俘虏回来攻打我们。"

"你怕吗？"

"我岂有怕的？我如果怕，从一开始就不会发动战争。"

我派去送信的虫子再也没有飞回来。太阳起了又落，经过几个轮回以后，那些面目熟悉的士兵就打回来了，不同的是，他们变得比离开之前更加强壮，他们不再如寻常岛民那般精瘦细巧，浑身肌肉仿佛爆发出来，个头也长高了些。他们的四肢发达有力，赤脚冲锋陷阵，举着长矛向我们的军队进攻。我们队伍里的士兵碰上熟识之人，有的还曾是他们的亲近好友，正犹豫着下不去手的时候，就被对方一把刺穿了心脏，连哀号的间隙都没有。我在瞭望台上对士兵们说："他们早已被迫服下毒药，他们已忘了你们，也不再是你们曾经熟识的那些人了。"

血战持续了四天五夜，我一直没有看见费希。"自己人杀自己人，这招用得可真妙。"我说。格瑞说："没准就是费希献的策。我真不明白，他怎么能说变就变呢？难不成他被剥夺了记忆，忘了曾经的所有？"我抓住一个敌军的士兵问话，问他费希此刻在哪儿，他的嘴唇就像被细丝紧密地缝了起来，半个字都不曾吐露。格瑞说："他现在肯定不敢再见你，指不定正把自己藏得严严实实的，在暗中窥探着我们呢。"我思索了一会儿，又说："现今军中战士伤残大半，如果正面交锋只会越陷越深，指不定得全军覆没。现下只有一个办法，就是绕道而行。把体格尚好的士兵聚集起来，重新组建一支队伍，趁敌军不备，走另一条路偷偷逼近上面的地盘。我留下来当诱饵，他们见我没走，就不会起疑心。"格瑞说："那得留一队人马下来保护你。"我说："不用太多人。如果费希如你所说真的来了，我不相信他会杀我。"格瑞看着我欲言又止，他一定想试图说服我现实不容乐观。但他终究什么也没说，应了一声便退了出去。

半夜，格瑞跟随第四部队的领队热拉带领人马往东北方向的丛林里去了。阿里沙主动留了下来，这里伤员过多，他不忍心扔下这些人不顾，这小子性子执拗，只要还有救活人的一线生机，就绝不会轻易放手。我说："去攻打上面的军队也有可能伤亡，毕竟他们肯定保留了最精锐的侍从在身边。"阿里沙说："那我就两头都顾，争取在他们动武之前赶过去。"我说："你比费希还想当英雄。"

我和阿里沙把伤员挪到营帐外，摆得遍地都是，如此，敌军便以为我们已然大片伤亡，不会留意到我军人数锐减是由于转移了人员。他们显然对我们放松了警惕，连着两日没动静，以为胜券在握，随时能叫我们投降。我曾几番派人送信到敌军的阵营，要求与他们的首领相见，但对方一直没有回信。后来，我又派了一个小子到他们营前叫嚣，他们的军士便嘲笑我们身为手下败将竟还敢提出面见首领的请求，让我们乖乖等死。不知是不是此举惹怒了他们，没过几日，我军阵营中开始流行起虫毒。据阿里沙说，虫毒是用病变的班布的体液制成的病毒，这是巫师的手艺，上面的人曾命令轻易不能外传。以前上面时不时就会派人到岛上来抓人，被抓走的人不曾回来过。有个孩子有日在路边见到一个通体发黑、肉体干瘦的男人，像是日前被抓走的男子，没多久便断了气。岛上从此传言上面抓人是为了去做虫毒试验的，为了不让试验败露，上面专门开凿了一个洞穴安置尸体，那个逃跑的男人，是为了逃回来告诉岛民这个秘密，但他终未撑到开口那一刻。此刻虫毒蔓延，想必是对方在我们的水里加入了虫的毒液，原本还剩一口气的伤员，这会儿彻底奄奄一息了。我将水壶里的水倒出来，并未看出有什么不妥；我便又把水倒入一具尸体的口中，那尸体立时腐烂得愈发快了。阿里沙坐在伤员堆里兀自懊恼，他这段时日曾拼尽了全力给每个人医治伤口，而今全部功亏一篑。这些汉子参军前，我曾亲口对他们的家人许下诺言，一定带他们打赢这场战役，等扳倒了上面的人，就带他们平安归来。而今我却失信于他们，尽管这样的结局是我早该料到的。

  我又睡着了，梦中，我再次与巩夏相遇。他站在一条长河岸边的水草后头，手里握着指南针，好像不知该往何处去。水草没过他的膝盖，河面烟雾缥缈，洇湿了他的长裤。我站在河的对面呼喊他，他许久没能听见。巩夏左看看右看看，眼神茫然无措，他似乎听见了我的声音，只是找不着我在哪儿，他跪在地上哭泣，指南针落入泥土中，烟雾变浓，把他整个人包裹起来。我透过烟雾问他："费希真的背叛了我吗？"巩夏说："他是我哥哥，我不愿把他想得那么坏。"我说："如果不是他向上面献策，又亲自带着我军的俘虏打回来，我们便不会死伤惨重。"巩夏说："既然如此，那就相信你的判断，听从你内心的声音，让你的心告诉你该如何去做。"我说："可是我听不见，所以我才来问你。"巩夏说："我不是你的心。对每个人而言，除非他亲自经历，否则别人说什么都没用。"烟雾吞噬了他，河的对岸什么也没了，只有孤寂的水草在风中孤零零地飘摇。

我被阿里沙摇醒，他告诉我，如今军营里只剩下我和他两人，其余军士死的死，晕的晕，虫毒在水中浸泡得愈久，毒性就愈浓，我们固然能坚持一两天不喝水，但时间长了，我们也会渴死的。我让阿里沙扶我起来，两天不吃不喝让我的身体变得羸弱不堪，我要他带我到敌军那边去，我不相信倘若里边坐着的真是费希，他能做到一直不见我们。

敌军的营地门口空着，无人值守，想是对方已然料到我们会找上门来，便做好了准备，他们想的是让我亲口宣布投降，以昭示他们大获全胜。军营里的士兵都是我们的老熟人，只是如今体格变得格外硕大。他们见了我和阿里沙，眼神里没有任何反应，面无表情，就像尘封的石塑。而在这一具具石块中间，唯一有活人气息的，就是安坐在帐篷里的费希。

"你？"由于长时间没饮水，我的嗓子干裂发疼，一句话都说不完整。

他站了起来，胸膛挺得很直，双手背在身后，尽管面容还算年轻，但体态神情已如五十多岁的中年男子，阿里沙在他面前全无哥哥的派头。

"父亲，你终于决定投降了吗？"他鼻孔朝天，下巴高抬，在向我发号施令。

我猝不及防地猛咳了几下，阿里沙赶紧拍拍我的后背，我斩钉截铁地说："除非我死了，你从我的尸体上踏过去，否则，我绝不会让你们进入后头岛民的生活园地。"

"父亲，你别把话说得这么严重。你要做的只不过是认个错，一切还和原来一样，没有任何一个平民百姓会受到伤害，不仅如此，上面还会给你一个顶高的官衔，说不定还会让你做大祭司呢。"

"我们军营的士兵全都被虫毒毒死了！你还说没人会受到伤害？"阿里沙说。

"是父亲非要打仗的，打仗就有输有赢，天经地义。但如果你认了错，就能停止伤害，除非你想让更多的尸体出现在这座岛上。"费希的眼睛瞪得极大，额头上青筋凸起。

"你在威胁我。我是不会像你这样的！变成鬼都不会！"

"父亲，你本就不是这岛上的人，你怎么就这么恨上面的人呢？"

"他们抢占了岛上最大的班布资源，让其余岛民过穷苦日子；他们还带走正当壮年的男子去做虫毒试验；他们让巫师散布迷信的谣言，他们罪大恶极！"阿里沙义正词严地说。

就在费希被阿里沙的话堵得不知如何回应的时候，我从衣兜里抽出一把匕首试图威胁费希。可费希如今身强体壮，他见我冲上前来，便立马抓住我的手腕，夺过匕首反过来直指我的喉咙。我一个不小心没站稳，跌倒在地，阿里沙想过来扶我，却被费希拦在一边。

"我随时都可以杀了你。"费希对我说。

"你知道你在胡说些什么吗？"

"你本不属于这座岛屿，你来到这儿发动战争、带来苦难，如果不是因为你的出现，岛民不会受那么多苦，你才是该受到惩罚的人！"

"说到底，你不过是为了攀附上面的人邀功罢了。"

刚说完，费希命人将我捆了起来。

五

　　自从费希做了本地区的小统领后，上面升了他的官职，他还住进了家里的主卧。他将自己的父亲母亲赶了出来，把卧室重新装修了一遍。父亲自从被他刺伤后就一直卧病不起，好在匕首未插入心脏，否则父亲定已命丧黄泉了。费希回来后的第一件事就是到地窖里去寻母亲，却不曾想那里头空空如也。我此前长期待在军营，未顾及照料母亲，她定是早已被闯入家中的士兵掳了去，如今不知是死是活。而费希却一口咬定是自己的生母达丽趁家人不在赶走了木莎，或是痛下杀手弃尸荒野。他把达丽关进地窖里，没有他的准许不准出来，谁也不得看望。那日，全家上下回荡着达丽的哭号声，"我是你的母亲啊！你怎能这样对待生你养你的母亲啊！"阿格达眼见着自己的女儿被关了进去，便立马拽住费希不放，说："你这么做，是要遭天谴的！"费希说："那你让天来谴我！"阿格达还揪着他的胳膊不放。地窖里的达丽听闻声音多半猜出了外头的情形。我听到铁门被重重关上的声音时,心里又是松懈又是悲伤,当初是这个女人把我的母亲关进地窖里的,如今她亦被关了进去,可我的心里却不是滋味。

"你不能这么做。"我对费希说。

他好奇地盯着我:"木莎因为这个女人吃了那么多苦,你该高兴才是啊!"

"现在最要紧的难道不是去把我母亲找回来吗?"

他指着他母亲达丽的屋子:"一定是她干的!她一向看木莎不顺眼,所以将她赶走了。"

"她不至于。"

他恼了,皱着眉头瞪我,"你连我的话都不听了吗?"

"你真是莫名其妙!"

我到客房去找父亲,他还未醒,他的嘴唇干裂,不管给他灌多少水仿佛都不够。他苍老了许多,脸上不知从何时起竟生出了这么多纵横交错的褶皱。我记起他刚到岛上的模样,健壮而白净,那副身躯让母亲一见倾心,而今他瘦了,似乎还矮了些,变得愈发像这座小岛上的男子,黑而瘦,要成日扛着梯子过活。我又给他灌了一口水,他被呛醒了,我赶忙多点了一盏油灯,问他要不要吃点什么。他抓住我的手,说自己什么都不想吃,他让我坐下,俯下身子听他在我耳边言语。我听完他的话便说:"这不可能!"他说:"放心,我自有安排,你只要照我说的做就行。"我说:"可你需要休养恢复身体。"他说:"我比你精通医术,我知道怎么照顾自己。"我不说什么,他是个有主见的男人,我一向是听他的,他的话一准没错。他借着微弱的灯光望着我说:"孩子,你为什么如此悲伤?"我看了他一眼,又撇开头,不想叫他从我的眼睛里察觉出更多的情绪。他说:"有什么话就同我说。"我说:"费希要夺走伊芙。"他摸摸我的胳膊,用那干哑的声音说:"那姑娘不爱你,你就算留在身边也无济于事。如果她连爱你这条最基本的要求都达不到,那你们之间的一切都没有意义。"我明白他说的,我只是过不去心里那关。我起身要走,他干枯的手拽住我说:"记住我跟你说的。"

回到房间,伊芙尚未睡下,她正端坐在梳妆台前摩挲自己的长发。近来她愈发爱打扮自己了,我记起费希的话,想来她是因为费希回了家才重新打扮起来的。要知道,她自打嫁给我后,每日都懒得梳妆,仿佛在等着我厌弃她。嫁给我的时候,她绝望极了,直至在家中见到费希,她才重新燃起了希望。她的心自始至终都只属于费希一个人,自从他像个小英雄一样威风凛凛地站在孩子们面前说着一口流利的外来语时,他就成了她的心上人。她的眼神从不会在我身上多停留半秒,毕竟我是那么地平平无奇。

我走到她跟前,她本能地转过身去,盯着镜子,在自己的唇上抹上了一道鲜红。我知道,她是等着费希从窗前经过时能多看她一眼。她见我还没走开,嘴里不自觉地发出"啧"的一声,我说:"费希要娶你。"她的眼睛里瞬间闪过一道亮光,那光的闪亮程度不亚于正午照在沙滩上的阳光。她第一次正面看着我的眼睛，说："你说的是真的？"我说："不信的话你可以自己去问他。"她的眼眶里立时落下几串晶莹的泪珠，她想说话，但字句全卡在嗓子眼里，和眼泪鼻涕混在一块儿。我说："但是他说了，只叫你直接搬进他房里，不办婚礼，也不必宣誓。"伊芙立马说："不打紧不打紧。谁在乎那些形式的东西呢！"我说："你在我面前甚至都不演一下吗？"她瞟了我一眼，没说话。她现在巴不得立马飞奔到费希的身边。

回到家后，我又得重新开始每日不得安睡的日子。我和伊芙躺在床上时，我们中间的距离可以装下一整片海域。每每我翻身动弹，她便厉声斥责我将她吵醒。只要有她在身边，我便无法入睡，日子长了，我的眼睛周围便挂上了重重的黑眼圈。今夜，我打算到庭院里去打铺盖。刚铺好床，便听见背后有人说："哥哥，你怎么出来了？"是阿丽珊，她披头散发，穿着睡袍，想必是半夜起来解手的。她和她哥哥费希是打一个娘胎里出来的，不得不说都继承了父母貌美的基因。她长得愈发精巧漂亮了，兴许外头世界的姑娘都长这样。我说："夏天热，我来院里凉快下。"阿丽珊说："你胡说，现今昼夜温差大，夜晚凉得很，连沙滩上的小蟹都躲了起来。"我说："倒是你，这么晚不睡做什么？"她把手里一盆不明物端给我看，说："我去给费希哥哥送东西。他说自己每日只吃这个。"我说："这是什么？"她说："我也不知道。他不让我多问，让我照做就是了，也不让别人经手。"我说："那你赶快给他送去吧。他那脾气，你若是去迟了，他定会责骂你的。"阿丽珊说:"哥哥,不如你到我屋里睡去吧。那儿暖和。你等我先去给费希送吃食。"还没等我答应,那小姑娘便往主卧那边去了。不一会儿,她回来了,拉着我的手就要往她屋里去。我说自己还是不去了,在庭院里待着又不是一两天,一个男子如果连夜晚的凉风都扛不动,岂不是要招人笑话。阿丽珊说:"谁笑话你呢!身体最重要,你不依我,我可要生气了。"她如今长大了些,可还是喜欢使小孩子的伎俩,她不仅不会生气,还拗不过我,于是只得自己回屋搬了一床被子出来,严严实实地裹在我身上,看我老实待好了才舍得离开。

  次日,伊芙兴高采烈地往费希那屋子去了,她一边大声使唤帮佣们搬行李,一边不忘转头朝庭院里的大水缸子瞧自己的模样,生怕她的嘴唇裂开了、腮红不够艳或是眉修得不够好。我从未见过伊芙如此大张声势的模样,从前她总是低着头细声细语,想做什么总撺掇别人替她去办。如今家中费希是管事的,她自然取代了达丽的位子,成了尊贵的家族夫人。她进了费希房里,也不知费希同她说了些什么,只听见伊芙高兴得连连答应的声音。后来每晚,我依旧还会从庭院出来,假装不经意地路过费希的房间,想听见内里有些什么动静。白日里,伊芙的面色变得红润了,脸颊胳膊也稍显圆润起来,想来是吃了爱情的蜜糖,不像同我在一起时那般委屈消瘦。然而这样的日子只持续了没几日,费希又交了几个新女朋友。那些女孩曾几何时也同伊芙一样在草地里编过草环幻想过能嫁给费希。伊芙这才意识到,她于费希而言并没有什么特别的。

伊芙又从费希房里搬了出来，她在那间屋里被窝都没睡热，就要眼看着这些不带重样的女孩们挨个踏进费希的房间。她现如今就住在费希的对门，每日茶饭不思，只顾从窗口张望，看对门里的动静，一旦有人影闪动或什么声音传出，她的心就要跳到嗓子眼上。我不相信费希喜欢那些姑娘，他也并不喜欢伊芙，他不过是要当本地的首领，享受着首领的昏庸与无忌。然而费希似乎并不满足于女孩们的青睐，他还要想方设法把当年那些仇视他的男孩们也一起收服。他编造了一系列谎言，说自己带兵冲锋前线时是多么英勇，哪怕到了上面人的跟前也临危不惧，是他凭借自己的三寸不烂之舌说服了上面与父亲的和解，才换来了战争的停歇与小岛的安宁。他把自己树立成一个勇毅果敢的战士形象，再让自己手下的人把传言散播出去。起先，岛上的男子们大多嗤之以鼻，有的心生嫉妒，反而在背地里揶揄嘲讽他。后来传的人多了，也就慢慢信以为真，老人小孩是最易轻信谣言的，女孩们更不必说了，她们本就爱慕费希，如今更对他爱得死去活来，男人们也就不得不说服自己，也许一切都如传闻所言，只怨自己没有识英雄的慧眼罢了。费希很快便成了小岛的明星，许多人家里都贴有费希的画像，他是代替神让全岛重新回归安宁的功臣，是智慧和勇武的化身。

　　家里如今已全乱了套，我说话不顶用，没人听我的，也没人将我放在眼里，这些年，我早已习惯了。我本来就不属于这样大而壮丽的房子，我跟从前和母亲一同窝在小渔屋里的那个自己没什么不同,倘若现在母亲拉着我的手要我同她回到小渔屋去,我铁定立马答应。可母亲人如今又在哪儿呢?我绝不相信她已被达丽杀害了,达丽想除掉她何必等到如今,她那藏不住心事的性子,定早在嫁入家门时便已伺机动手了。我同周遭的人家打听了母亲的下落,但没人知晓,都说已经很久没见过她了。说的也是,母亲常年被关在地窖里,人们怕是早已忘了她的容貌,甚至忘了她这个人的存在。

我不禁心生失落。母亲是我在这岛上唯一的亲人,倘若她不在,我在岛上便无依无傍,任何地方都不是我的家。这时,我突然想起夹夹,他与我是同母所生,他也是我的亲人,母亲不在,他便成了我唯一的牵系。想到这儿,我立马开了船,往洞穴方向过去。我点燃一根火把,在洞中呼唤他的名字。有那么一瞬间,我突然害怕夹夹也不见了。我去前线之前,曾手把手教给他捕捉班布的方法,教他如何辨别雌雄,并从虫子身上取下卵来,放在阳光下晒干,然后才能食用。自从夹夹长大以后,脑瓜子似乎比儿时变得聪明了些。尽管他不能言语,但能看明白我的手势,知道我要表达的意思。他还能体察人的情绪,知道我何时伤心,何时欣喜。我临走的时候,只见他从后面呱呱地叫了两声,我回头看他,他的眼神里满是不舍和留恋。他似乎明白战争的意思,知道我此去凶险,他那流水般的神色仿佛在告诉我他有多么担心我的安危。

夹夹从一块大石头背后跳了出来,他一见着我便立马扑到我身上,把我的身子紧紧圈住。老实说,他如此靠近我,我还是难免有些害怕,我为自己的这种情绪感到一丝羞耻,但看到他那张可怖的脸时,我的心仍不免惊悸。我把从家里带的佳肴取出来,尽管还是虫卵,但加入了父亲教我们研制的调料后,吃起来却变得极美味。夹夹正急急忙忙地吞咽,这时,我听闻一阵急促的呼吸声从洞口穿来,我立马提起长戟赶过去,"谁在那儿?"

半晌没有声响,兴许是我过于敏感。正当我要转身回去时,又听见一颗小石子滚动的声音,我立马挥舞着长戟说:"是谁?快给我滚出来!"

"是我。"

一个小小的身影从岩石背后钻了出来,竟然是阿丽珊。

"你怎么在这儿?"

"哥哥对不起,我是跟着你来的。我看你开船往这边过来,心里觉得稀奇,便跟过来看看。没想到,却,却看见了那个藏在山洞里的怪物!"

她的眼眶挂着一串眼泪,想是被吓哭了。我说:"夹夹不是怪物,你别胡说。"我把她拉进洞里,又警惕地在洞口检视了一番,确定无人跟随再回去。

"阿丽珊,你得向我保证在这里看到的一切都不准对外说出去。"

阿丽珊站在离夹夹很远的地方,一步也不敢向他迈进。她冲我猛地点头,用手捂住胸口,竭力平息狂乱的心跳。我说:"别害怕。他叫夹夹,是我的弟弟。他长得古怪了些,但是个善良单纯的孩子，他不会伤害你的。"阿丽珊愿意信我，但却不敢轻信夹夹，她仍待在原地不动，怯生生地望着我说："他也是父亲的孩子吗？"我说："是父亲和我母亲木莎的孩子。"阿丽珊说："我记起来了，我曾听说过这传言，可他不是已经死了吗？"我说："他没死，父亲舍不得杀死自己的亲生骨肉，所以一直将他养在这里。"我把勺子举起来，对阿丽珊说："别害怕，夹夹其实很可爱。你来喂他吃一口卵，向他表示你的友好。"阿丽珊仍不敢过来，但她看我坚定的神色，不敢违背我的意愿，只得一步一步挪动过来，颤抖着手接过勺子，险些没将虫卵舀起来。我握住她的手，让她镇静下来，再递给夹夹，夹夹用手接过勺子，一大口吃进嘴里，又冲阿丽珊笑了笑。他笑起来的模样着实有些吓人，但许是那笑声中的喜悦击中了阿丽珊的心房，她也冲他笑了笑。我就知道，他们俩都是极善良的孩子。

　　此后，每每我来看望夹夹，阿丽珊便总跟来。起初，我让她别跟着，两人出行过于引人注目。她便说可以分开出门。她说我一个大男人没有照顾小孩的经验，还是她心细些，能给夹夹做更多好吃好喝的。我问她在哪里学会这么多本事。她说小岛上的小姑娘自幼最大的心愿便是结婚生子，照顾家庭，这关照人的本事是打小就练的，只为日后能成为一个好妻子。我说不过她，便只得让她来了。她比我温柔，又聪明机灵，很快便同夹夹熟络起来。阿丽珊还将岛上小孩常玩的游戏教给夹夹，夹夹一学就会，每回她来，总拉着她与自己一同游戏。由于时常跑跑跳跳的缘故，夹夹的四肢日渐伸展开来，不再只是蹲在地上，像只青蛙那样瑟缩着身子，他抻开手臂腿脚后，似乎长高了许多。

"除了我和父亲，还有谁知道夹夹的事？"阿丽珊问我。

"费希也知道，他还以此来要挟过我。所以我平日里不敢招惹他，夹夹的命被他攥在手里。从他对自己外祖父的行为看，他是个杀人不眨眼的。"我说。

"是啊，他可太恶毒了，我并不想认他这个哥哥。"

"阿丽珊，好姑娘，求你千万别将夹夹的事说出去，就是你最好的姐妹也不行。"

"哥哥，你放心吧，你还信不过我吗？"

没过多久，阿丽珊就没再跟我来洞里了。夹夹用他那双眼睛静静地盯着我，我便知道他定是要问我阿丽珊为何不来。我告诉她，阿丽珊近日染上了巨人症，每日躲在房间里不肯出来见人，只有一个帮佣负责给她送水和食物。我知道她平日是顶爱美的小姑娘，不愿叫我见着如今的模样，我也不到她卧室那头去。可我见过岛上其余染上巨人症的人，他们的身子变得无比硕大，足足有半棵椰树那么高，四肢粗圆如同木桩，腰围比往时大了几倍，再也穿不进旧的衣衫了。据我推断，这病症多半是费希从上面带回来的士兵传染开的。起初，他们不知被上面的人灌了什么药，体格变得壮大，在战场上占了上风。这些士兵也都短命，战争结束没多久就过世了。但没想到这竟会传染，如今染疾的岛民变得比那些士卒还要巨大，不仅没有增强体格,还行动不便,不能自理,只苦了身边照顾他们的亲人。我无法想象,平日里娇俏可人的阿丽珊此刻究竟变成了一副什么模样。我只从屋外听过她的哭声,起初发病的几日,她几乎时时刻刻都在哭泣。费希一听到她哭,便气恼不堪,摔坏了房里十多个水杯。我去问费希,这病症是他带回来的,是否有解决的办法。费希说:"这事跟我有什么干系?上面要给士兵们服药,谁敢不从?但凡好用的药必定都有副作用。此事你可不能说出去,说是我害的巨人症散播开。否则我让你好看!"

我此前未从父亲那里听说过这种病症,更不知解决的办法,如今父亲也不能给我提供帮助,我便只得干着急。夜晚,经过阿丽珊的房外,我看见屋里未点油灯,她一定是害怕自己巨大的身影会被灯光打在窗上,叫人看见,所以每夜都躲在黑暗中。但月光穿过窗帘,我仍能看见一个巨大的黑影躲在角落里。"阿丽珊?"我冲里头轻轻叫了一声。"你快走开!别来这里!"她的声音里带着哭腔,我亦不敢再往前多踏半步。我说:"夹夹见你很久没来,心里很想你。他捏了个泥塑,让我送来给你。"我听见内里无应声,又说:"我把东西放在你门口,你一会儿自己拿。"我把泥塑小心翼翼地摆在阿丽珊的房门口,那个小玩意儿既像一条鱼,又像一只虫子,偶尔看起来还像一个人,谁也不知夹夹心里想的什么。放好以后,我便转身要走,只听房间里又传出声来:"哥哥!"我说:"阿丽珊,怎么了?"对方又不出声。我又说:"你还好吗?"她说:"我不好。我快死了。"我说:"别瞎说,会没事的。向来传染病都是来得快去得也快。现如今你哥哥我做了医生，定会给你想办法的。"她说："当真？"我说："那是自然，说不定再过些日子，你就能重新出门了。到时候，咱们一块儿去给夹夹送好吃的。"我听见门内传出一声笑，便心安了。

　　岛上染上巨人症的人愈来愈多。每日清晨我睡醒过来，都会看见自己窗前闪过高大的人影。起初，患病的人大多像阿丽珊一样待在屋里害怕见人，后来，只因人人都变成了这般模样，也就不再稀奇了。患病的人不再觉得羞耻，反而习以为常，逐渐放宽了心出门，甚至肩并肩一齐出入，相谈甚欢，一时间，整座小岛变成了巨人的世界，岛屿的地面也变得小巧起来，似乎容不下那么多人在上头活动，只怕巨人越多，小岛会越来越难以承受如此重量，最坏的结果便是有朝一日沉入大海。我一想到这里便不禁背脊发凉。我赶紧到特里家去寻他，问他能否向神灵询问，如何遏止这场灾难。没想到特里也不幸染上了巨人症。如今他们家的帐篷比从前大了许多，他的妻子仍是原来那副细小的身躯，而特里却变得如同一座高山耸立在他家的帐篷里，他的头抵着帐篷顶，四肢由于过长而无法伸展开，整日蜷缩使得他如今肢体僵硬发麻，嘴里不断发出呻吟声。一只小虫萦绕在他的脸颊周围，惹得他奇痒难耐，但又没法伸手去赶它，只得不断从鼻里呼出粗气，试图让它知难而退。

　　"这场灾难何时才能退去？"我问特里。

　　他把手里的筛子扔在地上，让我自行抛掷在星盘里。我拾起筛子，不敢轻易下手。特里说："你只管扔，没事的。"我把筛子小心翼翼地扔了进去，只见它跳来跳去，最终落在一片叶子形状的小格里。我抬起头来看高大的特里，只见他捂住心口，不住地大喘粗气，似乎十分痛苦的样子。我叫来特里媳妇，她赶忙踩着梯子，送了一杯水上去给他。他们家的水杯是用木头新制的，比正常的大了一圈。可特里的病症似乎不见好转，他的心似乎疼得格外厉害，不停地晃动他那巨大的身子，整座帐篷都快要被他晃塌了。

"你赶紧出去吧，别在这儿待了，等老头好了再来。"特里媳妇冲我说。

我连忙答应了，出了帐篷，外头地面时刻都在晃动，能听见地里传来轰隆隆的声响，那是巨人们沉重的脚步声。我一不小心没站稳，跌坐在地。

"我家孩子不活了！再也不活了！"只听不远处传来一个妇人的哭声，惨烈悲壮，不知发生了什么事情。我赶上前去，只见大伙围在一间小渔屋外头，屋里边传出女人撕心裂肺的哭号。我挤进人堆，看见一个老妇抱着一个襁褓中的婴儿正掉眼泪，我定睛细看，那模样，简直和夹夹刚生下来的时候一模一样，只是个子比寻常婴儿要大了许多。我瞥眼看着屋里，一个女人正躺在一张大床上，床是由一张小床和几张小桌拼合而成，那刚生产的孕妇也患了巨人症，所以婴儿刚一出生就成了巨人。

妇人不经意地抬头，正瞧见了我，她立马舍下孩子冲过来抓我，指着我的鼻子说："当初就是你母亲和那个外来人生下了那个孽障！本以为已经把他杀了，没想到你们竟给他留了活口！如今那人长成了恶魔，到岛上来横行肆虐！"

"你在说什么？我怎么听不明白？"我险些要被那妇人勒死。

"别揣着明白装糊涂！你去把那个怪物给我找来，我要他的命来赔偿我女儿！"

雨淅淅沥沥地下了起来，街道上的人群逐渐散了，妇人也回到自己屋里，哭号声一时间被雨声压了下去。我淋着雨一路赶去洞里寻夹夹，他还乖乖待在原地，一见我来便冲我傻笑。我抓住他的胳膊，用严厉的眼神盯着他，让他明白事态严峻。我连说带比画地问他是否曾离开洞穴到外头去，他摇了摇头。我再问了他一遍，他还是摇头。只见他目光茫然，险些被我吓着，我松开他。这一定不关夹夹的事，他是多么善良单纯的孩子，绝不会干出那肮脏龌龊的事来。

趁家里帮佣们午餐之时，我悄悄赶到阿丽珊的房门前。"阿丽珊！阿丽珊，你在里边吗？"我听见一声巨响，那是阿丽珊挪动身子的声音，她也许是本能地往角落里瑟缩。"是谁？""是我，阿里沙。""哥哥，你又来做什么？""我来是有些话想要问你。"我把听来的故事都一五一十地告诉了她。据说那妇人家的女儿在三个月前的一天夜里独自从丛林中捕虫回来，一路上黑灯瞎火，她也没带灯笼，四下里高草丛生，除了一轮明月高高挂在天上，什么也看不清。她在草丛中绕了好多个弯子，如果是白天，只两三步路便能回到家了，可她似乎越绕越远，时间一长，心里便焦急如焚。忽然间，她听闻丛林深处传来一阵声响，起初她以为是风声，后来一听竟是节奏有序的脚步声。她一见人来，便兴奋起来，站起身试图寻求帮助。可谁知，那人竟将她扑倒在地，扯破她的衣衫。"

"我不要再听下去了！"阿丽珊打断我。

"我还没说到重要的地方。那姑娘怀了孕，奇怪的是她的肚子快速变大，只过了三个月，产婆便说她要临盆了。今日我看见她母亲坐在自家门口大哭，怀里抱着刚生下的孩子，用嫌恶的眼神看着他。你一定想不到，那孩子的模样和夹夹一模一样！"

"什么？"

"他们看见他时，就和你刚看见夹夹时一样惊悚害怕。他们不仅得知了夹夹还活着，而且要将此事赖在他的身上！"

"可，可夹夹还是个孩子呀！"

"可不是吗。夹夹由于长年待在洞穴里，四肢蜷缩着不能伸展，变得羸弱不堪，他根本不能走远路。何况洞穴周围都是海水，他不会游泳，又如何到岛上来？阿丽珊，你说，他们是怎么知道夹夹还活着的消息的？"

"哥哥你这话是什么意思？你在怀疑我吗？你认为是我把消息泄露出去的？"

"我没这么说！"

"我原以为你是家里，甚至是整个岛上最值得信任的人了，可谁知你却这样怀疑我、污蔑我！"

"我没有，我不过是来问问你的想法。"

"这事跟我毫无干系！费希也知道夹夹还活着，你怎么不怀疑他？你走！别来烦我！"

我听见房里传来一阵巨响，怕是阿丽珊因为过于激动，撞坏了桌子，只听她惨叫一声。"好，好，我这就走。但你要知道，我绝没有怀疑你的意思。"

阿丽珊没再说话，她这回是真生我的气了。是了，一定是费希干的好事。除了他，再没人知道夹夹；除了他，还有谁会把这事捅出去，要置夹夹于死地。我转头便去了费希的屋子。一个陌生的女孩正在屋内给费希捏脚，一见我进屋立马慌起来。费希踢了踢她的手，她立马端着洗脚盆出去了。我关起门来说："是不是你把夹夹还活着的消息泄露出去的？"

费希昂着头说："谁让你进来的？你不知道现在进我屋来需要通报许可吗？"

"别在我面前装大王，我可不吃你那套！"

"是又怎么样？"

"现今人人都把夹夹当成妖怪，说要杀了他以保安宁。他又没碍着你什么，你为什么要这样害他？"

"让大伙看见父亲和木莎生下的孽种，这样人们才会更加相信，那个男人是个魔星，我让他一辈子别想在这岛上翻身。"

"他是你的亲生父亲，可你却……"

"他是从外面来的,自打他来了岛上,小岛就发生了这么多灾难,连尊敬的上头也险些惨遭他的毒手。我不能任由他在岛上继续胡作非为,他必须彻底消失!阿里沙,你要相信我,我是去过外面的人,我知道外面的世界有多么凶险。大伙都被他给骗了,还以为外面的世界多么特别,多么先进和发达,都争着学习外面的语言,把自己变成外面人的模样。"

"可你自己不也说着外面的语言吗?你打从一生下来就长一副外面的人的模样!"

"我已经下令,让岛上的人重新说回岛语,就从我身边的姑娘们开始,谁再敢说那些乱七八糟的语言,我就杀了谁!至于我这张脸,我早已厌烦!我每天都会在庭院里晒太阳,要把自己全身上下晒成属于这片岛屿的肤色,你看,我是不是越来越像岛上的人了?"

"疯了,你这个疯子!"

我讨厌他用那样的语气跟我说话,好像一个长辈、一个尊者,我怕自己再多听几句,就要被他说服。可父亲不是那样的人,他不是什么灾星,他不得已被海风吹到岛上来,他再也回不去了,所以他努力适应岛屿的生活,他这般努力,岂能随随便便就被这个疯子弄死在岛上?

我听见围墙外边人声鼎沸,便立马开门出去,抓住一个过路的巨人问发生了什么。巨人说:"听说他们抓住了那怪物,正把他绑在海边,要把他烧死呢!"我听后知道大事不妙,便同巨人说:"你跑得快,你能带我过去吗?"巨人答应了,一把将我抱起来，整个人放在他的肩膀上。他小跑起来，风猛烈地朝我涌来，险些要将我扑倒下去，我紧紧揪住巨人的脖子。我的手对他而言是那样小，他根本感觉不到疼痛。

小岛上大半人都聚集到了海滩上。夹夹就被他们绑在一堆干柴中央，一个巨人在一旁举着火把，那火把比寻常的火把还要大好几倍，根本不需要干柴，火把一投下去就能立刻将夹夹烧成灰烬。人们从未见过夹夹，纷纷议论他的相貌，有的人恶心得当场呕吐，有的人用手捂住眼睛根本不敢看他。为首的就是那姑娘的母亲，她一面叫嚣，群众的呼声便越高，最后，不等占卜仪式开始，他们就要把夹夹烧死。我赶紧冲上前去，求他们放了夹夹。那妇人见到我，火气变得愈发大了。她扇了我一耳光，说："是你把他养在岛上的。如果不是你，他也不能活这么多年，我的女儿也不会被强奸，我们家也不会多出一个奇怪的婴儿来！他跟魔鬼是一伙的，把他拉过去，一并烧死！"

两个巨人过来把我两手拽住，轻轻一提就将我甩到夹夹身边。夹夹盯着我，眼睛里噙着泪水，那无助的神情仿佛在叫我救他。"哥哥！"人群中传来一声熟悉的叫喊，我顺着喊声望去，是阿丽珊。这还是我头一回看见变得巨大的她的样子，她的身子确实变得十分别扭，再也不似往日那般娇小可人。她把自己的身体暴露在外，不知是经过几番犹豫挣扎才跑过来的，她边哭边喊："你们放了我哥哥！哥哥是无辜的！"那两个巨人又走到她跟前把她拦住，变大以后的阿丽珊跟那两人比到底还是弱小了些。

"行刑!"妇人喊道。

眼看着巨人要将手中的火把摔下来,人群中又传来另一个女人熟悉的声音:"放下火把!"

六

  母亲就坐在我面前,微弱的油灯光照着她那张皱纹横行的脸。她衰老得那样快,也许是因为长期被困在地窖里不见天日,又或许是由于内心积攒了太多怨愤,时间的脚步在她的脸上飞速踏过。我多么害怕她老得太快,从此离我而去。我轻抚着她的脸说:"母亲,你这些天究竟到哪儿去了?"母亲抓住我的手,一层暖意立刻覆盖住我的手背,她用干裂的嗓音说:"我知道你父亲的军队就快打到上面的门前,所以就独自跑去那儿,我要亲手杀了他,我要亲眼看着他人头落地。"她说话时咬着牙,抓我手的力量也骤然变得颇有力道,我险些要被她抓疼了。我说:"你说要杀了谁?他是谁?"她说:"就是我提回来的那颗人头,他常年住在上面,所有人都围绕着他,他是一切的主宰。"我说:"可你怎么知道去上面的路?就连父亲的军队也是摸索了很久才知道的。"她说:"因为我去过。当年我被他掳走的时候,他们以为袋子套在我身上我就什么都不知道。我在袋子上戳了一个孔,记住了他们走动的路线。"我说:"他们对你做了什么?"她说:"他们让我怀上了你之后的那个孩子。"我说:"圣婴?"她说:"呵,什么圣婴,圣婚,全是强奸犯骗人的鬼话!他们给岛上穷苦的女子喝下毒药,日后她们只要再生孩子,就会生出一个个相貌丑陋的怪物来。可是岛上的女人,除了生育之外再无价值,他们剥夺了女人们活下去的权利!"我说:"那你为什么还要和父亲生下夹夹?"她说:"一来,我爱上了梧桐,这种爱和生育没有关系,和生存没有关系,哪怕第二天就会死,我也要紧紧抱着他,那个让我陷入爱情的男人。二来,我并不相信毒药是真的,我以为只是上面哄骗我们的玩意儿。"油灯光照着她的脸,我仿佛一时间从那被照亮的褶皱里看到了深藏其中的无数隐忍和忧郁。母亲原来一直独自忍受了那么多痛苦,而我却什么都不知道,什么忙也帮不上。

那个男人的头此刻被挂在海滩上一根高高的柱子上。海水涨潮,没过了柱子下端,没有人能靠近将其取下。这是小岛自存在以来的第一根耻辱柱,它昭示着此前所有不为人知的恶,它让小岛从此出现了一个新名词,那便是罪。

就在刚刚,母亲提着那颗人头来到刑场,把我和夹夹救了下来。但凡是被那个男人侮辱过的女子都知道其中的秘密,却无人愿意站出来为夹夹说话,她们相信毒药的药效,闭上嘴不再生育便是。母亲对着人群质问,四下里一片缄默,女人们有的低着头,有的捂着脸,母亲亦不知晓同她有过同样遭遇的女人有多少个，但她坚信自己绝不是唯一的受害者。她只得揪住那个刚刚生产完的女孩，让她承认被侮辱的事实。那女孩被母亲严厉的吼声吓着，一时间晕了过去，老妇人立马踢开母亲，抱着女儿回了家。母亲说："这样的事情一旦说出口，便是给自己蒙羞，已嫁作人妇的女子更是给夫家蒙羞，谁敢承认呢？只有我这个豁出去的不怕死的敢！"我捂住母亲的嘴，让她别再这样贬低自己。

费希被父亲关进了地窖里。他把达丽从里边请了出来，多日不见，达丽立马扑在父亲怀里哭得稀里哗啦。父亲让帮佣把达丽带出去，给她洗个澡，换身干净的衣衫，煮点好吃的给她补补身子。临走前，达丽还揪着父亲的衣袖，让他别虐待费希，说他纵使做了错事，可终究是个孩子。如今费希的相貌看上去比父亲还要年长些，再怎么看也不像个孩子。

"这到底是怎么一回事？你是怎么做到的？"费希指着父亲的鼻子狂吼。

"我被你刺伤之后，我的伤口刚好一半时，就从家里逃了出来。"

"可你一直躺在房间里。"

"躺在房间里的是这个玩意儿。"正说着，父亲令人把一个人形木偶扔在费希面前。费希亲眼见了，只得一面哭吼一面用头撞地。

父亲接着说："格瑞的军队早已到上面去了，只等我去与他们接应。等我一到，就立马向上头开火，把他们一窝端了！"

费希瞬间变了脸说："父亲，你饶了我吧，我可是你的亲生儿子。你如果杀了我，母亲将会多么痛苦，她一定会恨你的！"

"可你不是说，你这副躯体里住着木莎的丈夫吗？怎么现在改口了？"

费希倒在地上，一会儿发出小孩尖锐的声音，一会儿发出中年人低沉的声音，摇头晃脑好似中了邪一般，不能控制自己的身体。

"别装了！"父亲大吼一声，费希打了一个寒噤，不禁停了下来。父亲说："我早就说过，我会替你照顾好木莎和阿里沙，可你偏偏不信。"

每日，地窖里都会传来费希的嘶吼："我要吃东西！让阿丽珊把我的吃食送来！"阿丽珊恳求父亲让她去给费希送食物。父亲便说自己每日已让帮佣送些烤虫卵给他，无须她多费心。父亲自打回来以后，便将他从巫师手里抢来的解药稀释分发给岛上染了巨人症的人们。他叫一个男孩喝了，过了两夜，那男孩就像只泄气的气球一样，体形重新变得瘦小。父亲见他似乎也没什么不适，便让他心爱的阿丽珊也把解药喝了。如今阿丽珊又变回那娇小可人的模样，只是因为长时间的哀怨，面容变得憔悴了许多，不复往日的亮丽光泽。阿丽珊自个儿嘀咕道："可是哥哥说过，他只吃这个，吃不下别的东西。"

外头传来一阵敲门声，我开了门，竟是伊芙。她跟我进了屋里，关上门，低声同我说："阿里沙，我知道你恨我，可是我求求你，带我去见见费希吧。这是我第一次求你，也将是最后一次。我只要见费希一面就好。梧桐把他关进地窖已经五天了，也不让阿丽珊送吃的，外头有人把守着进不去，也不知他现下怎么样了。"我说："你该去求父亲才是，来找我做什么。"伊芙说："你父亲正在气头上，而且我一向怕他。阿里沙，我知道你心肠最好，你答应我，让我去见见他，让我去送点吃的给他。"她边说边掉眼泪。我生平最见不得人悲伤，尤其是伊芙，哪怕是她嫁给费希以后，她的影子仿佛还留了一丝一毫在我的心里。我说："我答应你。"

我把格瑞支开，就说父亲找他有事，格瑞一走，我便让躲在一旁的伊芙赶紧溜进去。地窖里晦暗阴森，已许久无人打扫了，空气里漂浮着一股难闻的霉味。父亲令人在地窖里建了许多木栏杆，防止费希逃出去。如今地窖里就像放了个笼子，憋闷得令人窒息。费希一听见人来，身子不自觉地震了一下，但又似乎没有力气直起身来。他想必以为又是格瑞带着人来谩骂奚落他的。他的头发已经全白，乱如鸟窝，身体皱巴巴的，干得脱皮，没有厚衣衫裹缠，冷得直哆嗦。伊芙一见他，便立马扑向栏杆，试图伸手去摸他。费希往后退了一步，只抬眼看了她一下，又把头低下回去。他是个顶高傲的人，尤其忍受不了别人看他笑话，特别是女人，如同自尊心被人碾在地上揉搓。伊芙哭喊着他的名字，可他就是不应声。

"我给你带了食物来。阿丽珊说你只吃这个，来，你快尝尝！"

　　费希仍不过来。过了半晌，他终于出了声："太迟了，已经没用了。"他如今的声音就像一个老头子，有的字词模糊得听不大清。伊芙说："你怎么会变成这样？"费希说："你手上的东西可以延缓我衰老的速度。可我已经死到临头了，没用了。"我似乎明白了什么。费希自打出生起就长得比别人快，这便意味着他衰老的速度也比常人快，他的生命短暂得吓人，所以他才要在有限的时间里，赶着把尽可能多的事做完。无须父亲亲自动手，他也会自己离开人世。

　　伊芙听了他的话后，哭得愈发厉害了。外边赶巧刚回来的格瑞听闻哭声立马冲了下来，一见着我俩便将我们拖了出去。

　　伊芙抓住我问："他会死吗？他真的会死吗？"她像个疯子一样晃动着我，把我的衣衫都扯破了。我把她死死摁住，并一字一字地告诉她："没有人能改变命运。"

　　次日一早，格瑞便发现了费希的尸体。按照岛屿的传统，死者的骨头会被磨成粉末，然后挥洒在海面上，让海水和海风把他们的亡魂带到遥远的地方去。往日咒骂过他的男孩们，纷纷奚落他，而那些姑娘们却不为所动，她们依旧为费希的死哭得死去活来。她们说自己只去费希的屋里陪伴过他，但他不曾要过她们的身子。我知道，那不过是因为他对人类不感兴趣罢了，他要的是肆意妄为的快感。他们刚带走费希的骨头，伊芙就随他去了。她想必是为了赶上能和费希一起回归大海，才急匆匆地寻死了。

我不禁感叹:"这些姑娘真够可怜的,被费希骗得团团转。"然而母亲却说:"这难道不好吗?她们都是深深爱着他的,哪怕得不到他的爱,可她们从此明白了爱情。她们再也不是生育的机器,她们这一代年轻姑娘终于为自己活了一次。"

我来到海边的时候,给伊芙抛撒骨灰的人已经走了。夜又一次来临,潮水退去,留下光秃秃的沙滩,潮水也把伊芙的骨灰带远了。天空中的一轮孤月投下几束清光照在海面上,浪花中便闪现出些许光芒,如同婴儿在眨眼。我听见一串脚步声从后头跟来,回头一看是阿丽珊。我不知该走还是该留,自从上次她生完我的气后,我们便不再怎么言语,哪怕她到了刑场上替我求情,可如今我见了她依旧羞红了脸,不知该如何开口。

我们俩几乎是同时吭声的,她又说:"你先说。"我说:"上次是我不对,我该第一时间想到是费希干的。"阿丽珊跑上前来捂住我的嘴,说:"快别这么说,是我误会了你。母亲总是教训我,说我的性子太急,我现在知道错了。"我说:"你怎么会有错呢。算了,别提这事了。费希走了,今后八成再也不会出这种事了。"阿丽珊说:"那夹夹怎么办?"我说:"他还是回洞里住。毕竟他的样貌没几个人能接受,岛民对他还是颇忌惮的。为了不再让流言四起,他还是安安静静地在洞里待着吧。"她说:"可人总不能在洞里待一辈子。"我说:"你说的又何尝不是呢。可命运就是这样不公平。"她问我:"你是不是很想她?"我说:"你指的是伊芙吗?不知从何时起,伊芙已经渐渐从我心里退场了。每天我的脑子里会想很多事，但我再也不会像从前那样总是挂念着伊芙了。真奇怪。"阿丽珊说："也许费希和伊芙下辈子都会成为普通但快乐的好人。"我说："但愿如此。"

次日，母亲和我一同把伤刚痊愈的夹夹送回洞里。这是母亲自生下他后首次同他见面。他不认得她，我们也无法向他解释母亲这个角色的含义。母亲在他面前总害怕得畏畏缩缩，但她又不想表现得过于明显，毕竟这是她自己生下的孩子。她不敢看他的脸，亦不敢主动同他说话。我说："夹夹是个乖孩子。现在身体长大了些，可脑子还和刚出生时差不多。你对他好，他就对你好。"母亲点点头，把一碗刚蒸出锅的虫卵递给他，他凑上来闻了一下，像是不大喜欢那股味道，扭头不吃。我说："没事，回去我告诉你夹夹喜欢什么。这事怪我，没提前跟你讲。"母亲勉强笑了笑，又将虫卵收回食盒里。到了洞穴，母亲在里头转了转，问我："这么多年来，夹夹一直住在这儿吗？"我说："是啊，因为这面洞面朝大海，一般很少会有人经过，所以是个极好的藏身之处。春天的时候，悬崖缝里长出的花枝会开出许多白色的花朵，层层叠叠很好看。弟弟最喜欢。"母亲上前去瞧了瞧那花枝，如今已入秋了，叶子开始泛黄，有些已落了，看上去有些凄凉。母亲又看了夹夹一眼，终究没有走上去同他说话，让我开船送她回家。

费希死后，局势才算彻底稳定了下来。父亲终于成了岛屿的王。他从上面带回来许多班布，数量极多。他说之前上面的人在半山腰上开辟了一个班布养殖场，配种养育，不仅能保证班布源源不断地出生，还能扩大规模，所以上面的人掌握了全岛最优的资源，才能占山为王。父亲说了，日后也要在岛上开多个班布养殖场，单靠野生班布是不足以支撑岛民世世代代存活下去的。他挑了几个信得过的岛民，让他们负责自家开厂事宜，自行联络愿同自己搭伙办厂的伙伴。养殖场主要负责班布的养育和保存，他们还会开出分厂负责班布副产品的生产和加工，比如将班布的尿液制成治伤药，将卵做成熟食，取其额做灯芯，将其薄翼制成衣衫，用其眼珠炼油等等。父亲把从上面的养殖场搬运回来的班布资源平均分发给每个大厂，剩余的发给每家每户，供人日用。这大大小小的厂子一开，岛民的生活就彻底被改变了，从往常每日入林捕猎，变成每日进厂上班。在厂子里提供劳动的人们可以获得一定的虫资源，如果不够使还可以拿家里别的东西到每个厂子开的商店去交换。我从来没想过，小岛有一天还能变成这样一副井井有条的样子。父亲本来要分一个厂子给我，他说岛上最大的厂子必须得由我们家握在手里。我说我不爱管事，也没有能共同经营的伙伴，还是交给别人去做吧。我还是自己开个药铺，治病救人，这让我颇有几分成就感。父亲便只得亲自操办大厂的一切，并让格瑞做他的副手。

父亲语重心长地同我说："得赶紧再为你找一门亲事。男人成家立业二者都耽误不得。你看上哪家姑娘可以同我说，现如今我在岛上的声誉已慢慢挽回，有不少人家都想把女儿嫁到我们家来。我还得替阿丽珊找个男孩子，那姑娘虽然还小，但岛上女儿出嫁向来就早。"

我说："什么？你要将阿丽珊嫁出去？"

父亲说："你吃惊什么。这是迟早的事。"

我经过阿丽珊房间的时候，几度想去敲她的门，但终究忍住了。回屋见了母亲，便把父亲要为我和阿丽珊找亲家的事告知了她。母亲听后说："难怪最近达丽每天白天总是到外头去瞎溜达，原来是走门串户，在为阿丽珊物色人家呢。"我对母亲欲言又止，母亲似乎看出了我的心思，便说："你有什么想说的吗？"我犹豫了一会儿又说："没什么。"

夜里，有几只蚊子一直在我耳边环绕，嗡嗡嗡叫得我烦躁不安。我在床上滚来滚去，猛然间摔了个底朝天。我清醒过来时，发现自己正躺在地上。母亲听见声音就从隔壁赶过来，扶我起来，点灯一看两边膝盖都摔破了皮。她赶紧取来一些班布的尿液给我擦拭伤口。母亲说："你方才睡觉时，一直在喊谁的名字。"我说："哪有的事？是那两只蚊子，一直吵得我睡不着。"母亲说："天凉了，哪里来的蚊子？明明是你做了噩梦。"

次日一早，阿丽珊就闯进我屋里来。她把房门严实地关上，然后揪着我的胳膊说："哥哥，父亲母亲要把我嫁给别人。听说是热拉老伯家的二儿子，我见过他，平日里就爱欺软怕硬、自大虚荣，不是什么好孩子。我可不要嫁给他！"我摸摸她的头说："兴许是你听错了。据我所知，你母亲一直在四处给你物色好对象，她还在权衡中，也没同父亲商议，肯定还没定下来呢。"她突然扑向我怀里,边哭边说:"不管是不是他,我谁也不嫁!我只喜欢你,我只要和你待在一起!"她平日里被达丽宠坏了,总是想要什么便得到什么,如今愈发大胆妄为起来。我把她推开说:"你别瞎说。你还这么小,又知道些什么?"她用笃定的目光看着我,说:"木莎爱父亲,伊芙爱费希,就像我也爱你。爱就是心心念念地想着一个人,他开心我也开心,他难过我也难过,愿意为了这人付出所有。"阿丽珊抹掉鼻子上的泪水和鼻涕,说:"我这就去和父亲说,让他把我嫁给你,这样便什么事情都解决了。"我赶紧拉住她:"父亲不会同意的。"阿丽珊安静了下来,她盯着我,盯得我心里有些发虚,她问我:"哥哥,你喜欢我吗?"我刚要开口,声音却卡在喉咙里了。

　　阿丽珊果然到父亲跟前理论去了,而父亲也如我所料没有答应。阿丽珊据理力争道:"岛上的婚姻嫁娶向来没有那么多条条框框,更何况,我和阿里沙并没有血缘关系。"

　　父亲说:"那也不行!"

　　阿丽珊气得转身就跑出了门,一路跑到海边去了。

　　半夜,阿丽珊来敲我床前的窗子。她的脸上布满了泪痕,眼皮都是红肿的,话也说不利索。我伸手抚摸她的头,她抓住我的手,低声在我耳畔说:"我们逃跑吧。"我被她这话震住了,我说:"逃到哪儿去?"她说:"我们开船出海,去外面的世界。"我说:"可是出海的人一个也没回来过。我的亲生父亲就是这么死的,梧桐也试过,好歹最终捡回了一条命。"

她说："你怎么畏畏缩缩的？"我说："这是在拿你的命开玩笑。我不能看着你去寻死。"她说："哥哥，你想和我在一块儿吗？"我拉着她的手，看着她的眼睛说："当然，我们是兄妹。"她说："我想过了，要么就死在海上，也比活在这儿嫁给热拉伯的儿子强。我不要给一个与我毫无干系的人生孩子，日日洗衣做饭。"我说："胡说，你现在气头上，头脑不理智，你冷静一下。"她说："我不要，我要和你在一起！"

　　阿丽珊把我从屋里叫出来，一把将我拖到海边，她连船都准备好了，是父亲船队里的一艘，她偷来的。她说，是父亲命岛上的壮汉们打造的，质量定不会差。她现在疯得很，一心只想和父亲对抗，我甚至能从她那双眼睛里看见里头藏着的一颗炽热灼烧的心。她说，如果不能和自己所爱的人在一起，那和死又有什么分别？她是那样弱小、可怜，像是暴风雨中一只小小的班布，不断被雨点打落，又不断忍痛飞起。我问她："你真的想清楚了吗？这可不是闹着玩的。"她说："不然你还有什么办法吗？"我说："我们还可以求父亲。"她说："不会的，他不会答应，他现在变得日益独裁专断，谁的话都不听。"她主动把行囊搬到船上去，又冲我挥了挥手。正当我犹豫的时候，阿丽珊在船上问我："你害怕吗？"我没吭声。我们收起锚，任由海风将小船推走。夜深了，海上一片漆黑，我从来没有过夜间航海的经验。我曾听闻一些古老的传说，在大海的中央，活跃着无数鱼群，有的鱼小如班布，整日自由自在地游弋于海草间，有的大而凶猛，可以横扫大片海域。岛民一直相信鱼群是大海的主人，对其心怀敬畏，所以岛民从来不捕食鱼类。

阿丽珊带了几个虫卵煎饼出来，还是热乎的，她把其中一个递给我，我说我们一人一半分着吃。我说："你猜猜，我们要在这船上待多少个日夜，才能见到下一条海岸线？"阿丽珊说："我也不知道。可我曾听父亲说，外面的世界很大，有七大洲四大洋，我们的岛屿微乎其微，就像是巨人身上的一根毫毛。既然外面的世界那么大，岛屿那么小，那咱们应该很容易去到那儿才是。哥哥，你放心，我这回还带了很多只班布出来，只要有班布在，咱们就能活。"

我们在小船上的日子，简单到极致，每日吃饭、聊天……日复一日，周而复始。据说，很久以前岛屿上刚有人类生存时也是这样。如果世界可以永远地停留在它最初时的样子那该多好，人人怀着最简单的心思，只做仅仅为了维持生存的事。我们明明是到了更广阔的大海上，但不知为何，却又像钻进了一个狭小的洞里，我们看不见时间的轨迹，没有世俗的欲望，宛如沦陷在一片虚空之中。

"那是什么？"她指着海水，我顺势望去，只见海的中央闪现出无数颗星星，散发出黄绿色的光芒，就像是天上的星网抖落在了海面上。阿丽珊说："你看，星星在海面上跳舞呢。"我顺着她的视线望去，看见在月光的照耀下，海浪上泛起皎洁晶莹的光。

有一天，阳光日渐少了，好像被人藏了起来。天色一旦阴沉，我和阿丽珊的心情也会觉得烦闷。兴许是因为日子长了，能聊的话题都快用尽了，我们开始茫然无措。偶尔，空气中飘来一丝丝细碎的雨点，忽而下大了，我们便躲到船舱里去。船舱窄小不堪，雨越下越大，整只船上上下下剧烈颠簸起来。

阿丽珊说："这雨什么时候才能停啊？"

我说："一场雨下不了多久。你怎么反倒比先前胆小起来？"

"船晃得太厉害了，怕不是会出什么事吧？"

"别想太多，自己吓自己。"

"啊！"

整只船突然间九十度翻转过来，我俩的头一把撞在船沿上。阿丽珊一手捂着自己头上撞出来的疙瘩，一手揪住我的胳膊，好像害怕我会被船给甩出去。船又翻了一下，我们从船舱的这头，被翻到了那头，我的身上又连续被撞出几块淤青。我和阿丽珊就像两颗球在船舱里蹦蹦跳跳，好似有一只巨手在不停地摇晃船只。船舱是密封的，外头的状况什么也看不见。骤然间，船舱开始疯狂搅动起来，整个世界晕眩不堪，我们一会儿被投掷在这个角落，一会儿又飞到那个角落。"我好想吐。"阿丽珊说。可我已经顾不上抚慰她了，连我自己都被晃得晕头转向。我能听见剧烈的风声和海浪席卷的声音，外面像是正在经历一场战争，不，比战争还要来得可怕，仿佛天空和大海都被人撕扯个破碎。

七

半夜三更的时候，阿里沙又吐了几口海水，整个人的身子弹起来，连带着说了几句模糊不清的梦话。我让一名帮佣彻夜守着他，以防他的身体出现什么状况。我一夜没睡，期间又起床出去看了几番阿丽珊，那孩子倒是睡得沉，看模样似乎被折磨得筋疲力尽了，脸上的肌肉松弛得耷拉下来。回到房里，达丽醒着，她已从床上钻了下来，跪在天神的木雕面前拜了又拜。我知道她此刻很是怨我，她怨我不该和阿丽珊发脾气，那孩子打小都是顺着来的，要风得风要雨得雨，听不得半点硬话，如今倒被我逼成了这副模样。说起来，她这脾气倒是随我，想当初我也是和父亲吵了一架，背地里自己申报了心仪的大学。发现阿里沙和阿丽珊那天，是一个晴朗的清晨，格瑞把我叫醒，一路将我拉到沙滩上来。我看见那两个孩子静卧在沙滩上。阿里沙看着比从前瘦了一圈，好似多日未曾进食，他身上布满大大小小的伤痕，好像有无数刀片刮过，经历了一场枪林弹雨。我想起来,当初阿里沙一定也是这样在沙滩上发现我并把我带回了家。我已经忘了,当初在海上经历过一些什么,也许是我的肌肉强迫我遗忘,毕竟那是一场惨不忍睹的灾难。

　　阿丽珊醒后,再也没同我说过话。热拉家的聘礼已送至家中,堆成一座小小的山峰,里头有不少是阿丽珊平日里爱吃的、爱用的。她知道我不让她去和阿里沙见面,却不吵也不闹,整日将自己反锁在房里,就像当初染上巨人症时一样。至于阿里沙,他提出了要同木莎一块儿搬出去住。我让人把这个消息传到阿丽珊耳朵里,她也没有丝毫反应。我一再挽留阿里沙,说一家人就该住在一块儿。他说:"母亲一直住不惯这里,她总是同我念叨以前的小渔屋,那地方虽小,可她最熟悉,待着舒服。"达丽在一旁怂恿我答应,她一向是最不待见木莎母子的,巴不得他们离得越远越好。如今,她愈发厌恶起阿里沙了,她把所有的错都归结到阿里沙的身上。阿里沙如今长大了,学会了喜怒不形于色,可他愈是隐忍,我便愈能隐隐感觉到他内心的苦痛。他同木莎搬走那日,阿丽珊仍待在屋里,他拖着行李不时往她的卧室方向瞄一眼,又故作镇静地回头往前走,快走出家门的时候,他还险些被热拉一家送来的聘礼给绊倒了。礼盒破了,一件衣衫滑落出来,是用轻薄的班布羽翼制成的,阿里沙自言自语道:"这么好看的衣服穿在她身上,一定漂亮极了。"他没有怨恨我,倒像是早已预料到这一切,神情淡定中透露着些悲伤,唯独没有幽怨。我跟了出来,他让我不要再送,他说:"我想把我家的小渔屋开成一家医馆，这样既能帮助病人，也能换些资源维持生计。"我答应了一声，由着他去。

阿里沙前脚刚走，热拉带着他儿子后脚就登门拜访来了。眼尖的热拉一进门就看见倒在地上破了洞的礼盒，问："怎么了这是？"我笑着说："都是家里笨手笨脚的帮佣给弄坏的，都不成样子了，我回头该骂骂他。"

热拉的二儿子就站在他身后，在我面前不敢吭一声，低着头，偶尔东瞄西瞟，看得出来并不是个安分的孩子。倒是他父亲，此番来颇有几分气势，他想必已听说了阿里沙和阿丽珊的事。前段时间两个孩子私自出海的事，我也打算瞒过去，便同热拉家说阿丽珊病了，可是他们离开得太久，阿丽珊这所谓的病久不医治，热拉难免心生疑虑。这事我早已让家里人封口不准对外多言，可少不得有旁人看见或听见什么，岛上的人们便多多少少知道了一些。热拉开口说："我们这次是来看望阿丽珊的，听说她病得不轻，不知现在怎么样了？我带了些虫饼过来，听说是阿丽珊平常喜欢吃的，这东西也强身健体。"我说："谢谢你们还亲自过来一趟。阿丽珊的身体已经没什么大碍了，明天我就让她出来见见你们，给你们道个谢。"热拉说："有什么谢不谢的，身体能好起来就是最大的福气。"他俩在我家待了半天才走，这半天里也没个人过来报告阿丽珊的情况。他们眼瞅着是等不到她主动出来见客了，便只得在晚饭前离去。

第二日，热拉同他儿子一早便来到我家。我让帮佣在一旁好生伺候着,那边达丽还在不停地敲阿丽珊的门。那孩子果然执拗得很,我分明已经听见内里的动静,可她就是不愿抛头露面。达丽在屋外对着门板说:"我让你从小就学习针线活,学习外面的语言,教你优雅端庄的体态,不是让你下半辈子一直躲在屋子里的,是为了让你有机会嫁给一个好男儿,去好好侍奉丈夫和公婆。你倒好,还给我甩起脸来了!"见里头依旧没动静,达丽又说:"这十多年,我在你身上花费了多少心思,天天栽培时时伺候,你要什么我就给什么。可现在回过头来,你却一点也不想着报答父母的恩情,只顾自己一人痛快!"

兴许是被达丽的话刺痛了,阿丽珊终于打开门,瞪了达丽一眼,那眼神陌生极了,好像并不是在同自己的母亲对视。她把达丽一把推开,提着一把剪刀径直冲到大厅来。热拉一见着她便笑了,说:"阿丽珊,好久没见着你了,听说你病得不轻,看样子是好了不少,我们家这个傻儿子想你想得都快要疯了。"他把他儿子招了过来,那男孩似乎不为所动,慢了半拍才跟上前来,面对阿丽珊也不知该说什么好,吞吞吐吐,勉勉强强。阿丽珊时而看看他俩,时而又看看我和达丽,并未答应热拉父子的话。突然,她提起自己那顺溜的长发,用剪刀一剪,长发掉落在地,头上只剩半截短得齐耳的短毛。"哎你这是在做什么!"我赶紧叫几个帮佣上去拦住她,但阿丽珊不知哪来的力气,几个人擒住她的胳膊,她还是在头上飞快乱剪,眼见着头顶的毛发所剩无几,一个帮佣一手抢过剪子,把它远远扔进水池里了。达丽扑到她身上,边哭边说:"我的乖乖,你这是在做什么呀！你那么漂亮的长发，整个岛上没有哪个姑娘有，单你有，可你怎么能！"我赶紧上去说："头发剪了还可以再长，你哭什么。"阿丽珊也不看她母亲一眼，她直勾勾地瞪着热拉父子，眼睛里仿佛有团巨火在燃烧。她从衣兜里掏出一个小瓶子，说："这是我从巫师那里买来的药水，只要喝下去半瓶，这辈子就再也不能说话了。"达丽一听此话，立马同她抢瓶子，但她的力气终究敌不过阿丽珊，女孩把一整瓶药水吞了个干净。空瓶子从她手心滚落在地，她捂着脖颈，嗓子如灼烧般疼痛，脑子一时间也变得晕头转向。她原地挣扎着，仿佛要了命似的，达丽见她这副模样，哭得愈发厉害了。我赶紧命几个帮佣把阿丽珊扶回房间。回头一看热拉父子，两人已被阿丽珊这一系列动作惊得魂不守舍。

热拉对我说："你可不能让我们家娶这么个儿媳妇回去。"说完，他就拉着儿子一同踏出了门。

达丽让阿丽珊把肚子里能吐的东西都吐了出来，可她的嗓子依旧发不出声音。达丽揪着我说："岛上就数你会医术，你是外面来的，一定知道怎样医治她的喉咙，求你一定要把她医好！"我把达丽安定在椅子上，叫她喝口水平静下来，我说："阿丽珊是我的孩子，我怎么会不救她。只是岛上的草药太少，除了用来润喉的，再无其他有用的东西。"

只要有一丝希望，达丽都要把阿丽珊的嗓子治好。她去见了特里老伯，还有岛上几个老巫师，询问了各种传说中古老的方子。有的方子简直离谱得很，说是要海里身长长刺的黑鱼的唾液才能医治变哑的嗓子。达丽管不了那么多，老方子上所需之物，只要是能找来的，她都一并找来，找不来的便用其他东西代替。接连几日，她前前后后往阿丽珊嘴里灌了无数稀奇古怪的东西。阿丽珊没力气同她争执，喝到最后变得头痛腹泻，再一次卧病在床。我同达丽说："我一早让你别信这些，你还偏信！"达丽说："不然呢？你又不愿救你的亲生女儿！"

我带着早前热拉送来的聘礼，和自己多准备的虫子，亲自到热拉家赔礼道歉。热拉起初还在我面前摆架子，迟迟不肯出来见面，后来外头传来消息说他二儿子同人打起架来，他似乎丢不起这个人，才不得已出来了。我态度诚恳，他也勉强装出一副大度容人的模样来。这老狐狸最是会骗人的，心里不知打的什么主意，只要我不提出一个明确具体的解决方案，这事在他这儿就算没完。

回到家时，我看见达丽正无精打采地坐在阿丽珊卧室门前的台阶上。她柔弱得就像一根扶风的小草，眼皮耷拉下来，眼圈比昨日更黑了。看样子，她似乎已然放弃医治女儿的嗓子。我尽管心疼，却也无可奈何。这片岛屿物资稀缺，草本植物以及班布的尿液只够用来医治外伤，但凡人体内生了什么病痛，一般只能忍着，若是绝症，便只能惶惶等死。而我教给阿里沙的中医，则只能医治感冒发烧、头疼脑热之类的小病。她也深知这一点，只是过不去心里那关。我抱着她，她便顺势把头偎依在我的肩上。她已经四天没合过眼，累得快虚脱了。

进到阿丽珊的房间时，我发觉她人不见了。我问了最近给她送过饭的帮佣，那人也说不知，傍晚送饭时明明还在的。我问她阿丽珊是否有什么异样，那人说与往日没什么区别，一样沉默，不理人，干坐着发呆，好像人在这儿，但神没了似的。我着急着想了半天，除了那里，她不可能再到别处去。

我披了件外套，径直走到阿里沙家来。阿里沙和木莎都没在屋里，我又掀开后门帘，绕进后院去，正瞧见他们母子俩静静地站在一棵大树下。这树不高，树冠圆圆的，树上零星开了些细碎的黄色小花，我在小岛上从未见过这样的树，倒是从前见过几次。木莎见我来了，便问我："你知道这是什么树吗？"

"这是月桂树。"我说。

"这是阿丽珊。"阿里沙目不转睛地盯着那棵小树说。

"你在说些什么？"我问他。

他并不回头看我，只是朝着树往前走，沉默着仰望树顶，久久不愿离去。我还想说话，可木莎拉住了我，她把我拉回屋里，让我别再问他。

木莎点了盏油灯，又给我递了杯水，说："阿丽珊刚才来过，说要永远待在阿里沙的身边，没有人能让他们分离。渐渐地，阿丽珊的身子变成一棵树，脚底扎进泥土中，生出根来，她的脸也不见了，便成了树冠，眼睛化作无数颗小黄花，散在树冠上。这下，再也没人能逼她嫁给自己不想嫁的人了。"

我简直不敢相信自己的耳朵，直觉告诉我木莎在骗我。木莎又说："不信你看，自从她变成月桂树后，他就待在那儿寸步不离。"我顺着木莎手指的方向往窗外望去,只见阿里沙还默默不语地待在树下。那株树就生长在他们家后院的小池塘边,池水倒映着树影,月光映照其上,摇曳生姿。风吹动枝叶时会发出沙沙细响,好像是阿丽珊在同他对话。

"你们是不是都觉得,这一切都是我造成的?"我转过头来问。

"这世间所有的一切都自有命数,不管人做什么,最终都会导向最初注定好的结果。"木莎说。

"你可是曾亲手杀死仇人的人,你怎么也会说出这种话?"

"我不杀他,你也会杀他,不论我杀不杀他,他都会死。我只是想要参与其中罢了。"

"我不明白,她是什么时候开始爱上他的?我竟一点都没察觉。"

"女人第一次喜欢上一个男人的时候,总是习惯把心思藏起来,小心翼翼地靠近和试探,独自悲伤独自欣喜,这一切只有她一个人知道。"

木莎的话触动了我,但这种触动就像蜻蜓点水,在我心中飞快地留下一点痕迹,而后又被风吹散了。

我是否真真切切地爱过一个人?梅,木莎,达丽,她们任何一个都不是。我也许曾经为在咖啡馆瞥见的一个过路的姑娘而心动过,然后很快遗忘,再也记不起她究竟有多么貌美,多么气质优雅,才会令我多看了她几眼。也许是经历了战争,我再也没有多余的心思放置在那些小情小爱上。在我看来，他们那些诸如私奔、殉情之类的举动都过于疯狂且不值得，不过是小孩子家家闹脾气，不想最终竟闹出命来。我的心与其说是如同槁木，不如说是如同器械，灰色，坚硬而冰冷。我像一只搭建积木的机械手，这整座小岛就是我掌心里的积木。

后院里，阿里沙还坐在池塘边，月桂树就在他身旁摇曳，这夜色漫长，谁也不知道这份心伤会在他的心内流连多久。

我同达丽长谈了一次，尽管这期间她几度隐忍不住要同我翻脸，可我还是遏制住了她的冲动。她是个犟脾气的人，费希和阿丽珊都继承了她这一点。尽管此前木莎已经让我明白了寻常女人的心思，可真到了达丽面前，我还是显得手足无措。我说："费希和阿丽珊都走了，只剩下巩夏，难保将来不会发生什么事。我老了，身体一日不如一日，可我们家的家业不能没有人来继承。你的身子自从生完三个孩子后便损耗太多。其实当初生费希时，就险些要了你的命。生育的事情，再不能由着你去做。"达丽说："你是不是嫌我老了？我现在还有经期，还是可以生育的。"我说："别再勉强自己，这个家还有很多需要你操持的地方。"达丽说："那你打算娶哪个姑娘入门？"我说："我想过了，努耳拉家有个小女儿，叫尼娜。"

我把这事同努耳拉说了，暂时没让热拉知道，他对此又惊又喜，尽管表面上还是表现出一副镇静自若的样子。这事能让他在热拉面前扬眉吐气，怎么可能不高兴。他隔天便派人传来消息，说自己已同女儿说明了此事，他女儿没什么异议，咱们让巫师择一良辰吉日,就可把婚事办了。他对此倒是着急,怕是让热拉知道了不高兴,定会从中作梗。我亲自去拜访了一位巫师,占了卦,把日期写在一张树叶上,叫人送去给努耳拉。

因为是二厂联姻,婚事势必要办得隆重一点,不能叫努耳拉一家失了颜面,至少不能比与热拉家结亲那会儿排场小。我让他们把新娘的礼服以及婚房的装饰都弄成红色,帮佣说:"可岛上婚丧传统一直都是用的白色。"我说:"死人用白色,结婚也用白色,这不是莫名其妙吗?从今往后,岛上所有人结婚都得用红色。"帮佣答应了,吩咐下去,整个场面全部弄成红的,这才是我自幼熟悉的婚礼场景。我还记得儿时在家乡,家里但凡有亲戚结婚,从婚房、婚车到酒店全弄成一水的红色,大伙踩着炮仗纸,拖着新娘的长裙,走在红色的地毯上,灯光照耀着新娘头顶的红花,好像每一秒都填充着欣喜的意味。

新娘被迎进了婚房,掀起红盖头,相貌平平,是岛上女子最常见的模样。她的神情淡淡的,有一丝胆怯,但又不敢表露出来。我握住她的手,她便像一块冰雕一样全然静止了。

小的时候,我的父亲时常在外工作,常年见不着人影,偶尔回来一次,饭还没凉,人便已先走了。我问母亲我的父亲为何总是消失不见。母亲告诉我要理解他,要明白事业对父亲而言何其重要。我在心里想,难道我就不重要吗?他只是像完成任务那样生下我。我和母亲总是通过电视节目、报纸杂志见到父亲的面容,他在媒体中的形象是那么高大伟岸,他的脸上焕发着荣光,嘴角散发着自傲的笑意。他或是举着奖杯发表致辞,或是坐在丝绒椅上对别人进行谆谆教诲,人们用言语将他高高捧起,把最美的修辞贴在他的身上。他在我眼中是那样陌生又那样遥远,他是荣誉路上的勇士,但也是家中冰冷的照片。

现在,我成了父亲,我成了我的父亲,我感觉我自己与自己之间也仿佛隔了一层。那个曾经幼小羸弱的我逐渐变得愈发渺小,小到只有拇指那么大,被另一个巨大的我塞进身体的深处,逐渐看不见了。而那个巨大的我,就是像父亲一样的我,如此冷漠,冷漠到令人不禁怀疑他对人世是否还存有一丝留恋。

我对这人世还是心存留恋的,我留恋这片岛屿,这是我拼尽血和力气抢夺过来的小岛,我建造了地下排水系统,还建造了几个养殖场和加工厂,这里的一切都是我的,我要守护这片土地,让它永远繁盛下去。因此我需要有人替我完成这使命,这是必需的。

尼娜生下了两个男孩,大儿子名叫安格,小儿子名叫雨果。他们两个的相貌都和阿里沙一样。我让他们稍长大些就学习岛语,长到七八岁就可跟随岛上的男子学习游泳、造船以及捕虫,再大一些就可以到厂里去实习。成为一个管理者,要从基层学起,明白生产制造的每一道工序是如何完成的。他们生在这岛上就得有岛人的样子,再不可变出第二个费希来,那不仅会要了我的命,也会让整片岛屿随之沦丧。我拨了我们厂的许多资源到努耳拉的大厂去,如今,就规模而言,努耳拉的厂子已经足以同其他几个大厂平起平坐了。努耳拉由是对我感恩戴德,他曾在我跟前含蓄地表过态,会誓死效忠于我。另一边,热拉自然看不惯这些事,他已不止一次同我间接说过,如果我想同努耳拉并厂,其余几家大厂都不会答应的。我让他安心,并厂绝不是我的初衷,他看得出来,遏制他的势力才是我的初衷。为了叫热拉消停些,巩夏青春期刚至,我就让热拉家的小女儿菲儿嫁了过来。只是巩夏那小子稀奇了些,他的身体虽然已渐渐发育,越来越有了成年男子的模样,不仅个子比我高,四肢健壮发达,还蓄起了络腮胡,声线变得低哑,面部亦有棱有角的,帅气十足,他如今的模样正和我多年前在梦里见过的别无二致。然而这小子似乎对女人没什么兴趣,日里不会多看其他女孩一眼。起初我以为是出于他君子般的修养,后来我日益察觉他是打从心底里对女孩不感兴趣。我把这事同达丽说了,达丽也到巩夏跟前去同他旁敲侧击说了一通,回来告诉我,巩夏那孩子绝口不提女孩的事,倒是很喜欢冒险,经常说想到这儿去,想到那儿去。她这么一说,我倒想起了,巩夏没事就喜欢往阿里沙家跑。要知道,如今岛上除了我,就只有阿里沙出过海,他时常询问阿里沙出海的经验和见闻。

"从你肚子里出来的孩子,就没一个正常人。"我对达丽说。

"你倒怨起我来了。应该说是你的孩子就没一个正常人,从最早的夹夹开始就这样。你别跟我提安格和雨果,他们还小,指不定日后会怎样。"达丽说。

"你别咒我的孩子。我跟你说,巩夏和菲儿的感情必须安稳,否则热拉一家一定会同我闹事,那家伙发起疯来指不定会干出什么事。"

达丽说她知道了。她是个明事理的女人,事后一定会再去规劝巩夏,也会到儿媳那儿去安抚一番。我可没空整日操心这些家长里短的事。前日,我刚刚把几大厂长召集起来,共同商议填海造陆之事。我说,小岛上只有一座山峰,也就是之前上面的人盘踞之所,如今那座山已空了。山上空气稀薄,并不适合斑布生存活动,岛民大多居住在临海的平地上。除了少许草木以外,山上什么也没有。我们可以将山上的泥土和岩石搬下来填进海里,扩大岛屿的面积,这样便能承载更多人口,也能扩大工厂用地。我说:"这只是一次尝试,我们可以先干起来,看能不能行。此事要耗费大量人力物力,希望各个大厂都能组织人手、提供物资,把这项工程搞起来。"填海造陆对岛人而言是闻所未闻,在场的几个厂长听后都沉默了,只有努耳拉直接表示支持,尽管我能从他的眼神里看出一丝犹豫和不确定。会议结束后,我单独留下热拉,我同他说:"老亲家,这事你可得支持我,扩充土地对小岛而言有百利无一害。土地扩大了,你家的厂子也能跟着扩大,包括你自家的房子,你统领的整片生活区域。"热拉刚要开口,我便又说:"我知道,这项工程比较费时费力,所以才需要你多拨些物资和人手,事后利润分成也会是你占大头。"热拉虽然明面上没有明确答应,但他回去之后几经深思熟虑，还是决定站在我这一头。只要有他支持，其他几个厂主也会点头答应的。

没过多久，填海的工程便开始了。岛上绝大部分男青年都被派遣到山上去搬运泥土和石头。他们每日上上下下，犹如脚步不停的蚂蚁，在泥土里钻来钻去。巩夏看了便问我："父亲，我也能到山上去运石头吗？"我对他说："这些粗重活可不是你这个娇生惯养的小子能干的。你现在首要的任务是赶紧同菲儿生个孩子，别的事你都别管。"巩夏说："可我不喜欢她。"我说："每个人都有长处和短处，没什么喜欢不喜欢的。日子长了，就能培养出感情。菲儿是个多好的姑娘，样貌俊俏，又乖巧听话，外面多少小男孩想娶她为妻。"巩夏说："那就把她让给他们好了。我想到山上去。"我说："你这小子又在说胡话。你是咱家最乖的孩子，你可不能再出什么岔子了。"

格瑞冲我跑了过来，喘着大气说："有个工人在海边发现了一个人。"

我立马跟着他赶了过去，这场景竟似曾相识，就好像那日我赶到沙滩上把被海浪冲回来的阿里沙和阿丽珊带回家时一模一样。远远地，我看见一个男人的身躯正躺在沙滩上，层层推搡过来的海浪不停地拍打着他的双脚。我走上前去，看清了他的面容，那人长得与岛上男子亦不相似，身上穿着一件白衬衫，黑色的西裤，裤头系着一条腰带，手里还拽着个皮包，一看打扮便知是从外头来的。格瑞吞吞吐吐地问我："这不会也是……"我拦住他说:"你先别将此事说出去,暂时别叫太多人知道。你帮我把他扶回去,等他清醒过来,问一问话再做打算。"

八

巩夏这孩子打小就同我亲近，自从我和母亲搬回小渔屋后，他还时常过来寻我。他每回都会向我询问那次出海的经历，他似乎并不在意我那次遭遇了多大的险，也不曾问过他姐姐的苦难，他只是一心想知道，外面的世界究竟是怎样的。尽管我已不止一次告诉他，我当年只是和阿丽珊一起在海上漂流了数日，连方向和时间都不清楚，海里的鱼也不曾见过几只，暴风雨来临后，我们俩便躲进了船舱里，船舱是密闭的，什么也看不着。然而他还是一次又一次地来向我询问，仿佛我藏着掖着没说实话。但我确实没把所有的经历都告诉他，比如那天夜晚我们在海上看见了海面上闪烁的星光，那壮美与震撼程度，一定会让巩夏忍不住要自行开船出海的。现在的他就好像当年的我，早早就学会了造船的技术，意气风发地扬言有朝一日要开着自己亲手造的船到海上去闯出一片天来。他同他的姐姐阿丽珊也很像，想当初阿丽珊曾不止一次同我提及外面的世界，她羡慕她的父亲是从外面来的，没少同她父亲打听外面世界的精彩，连七大洲四大洋都知道；她还羡慕她哥哥费希生来就长得像外面的人，不用学也能说外面的语言。我至今也说不清楚，她当初要同我"私奔"，究竟是更想逃到外面的世界去，还是更想同我在一起。而今，巩夏像是要完成他姐姐的遗愿，他偷偷告诉我，说他已决定了，等时机成熟就会独自出海，他已经备好了路上可能会用到的什物，他甚至自行发明了把虫饼压缩成块的方法，他说这样既能保鲜，又不占地方，只需咽下一小块就能饱腹。

我说："你可千万不能做这样的事。我和父亲就是活生生的例子，我们都出过海，结局你也看到了，能回到岛上没丢性命已经不错了。"巩夏说："你别担心。我已经想过了，我不会像你们那样一股脑地把船往外开，我打算先在附近的海域摸索一番，然后一点一点向外延伸。我要自己画一幅地图，自己标注航线。我曾经设想过，有没有这种可能，在大海的某个位置，存在着一个巨大的旋涡，只要有人和船只向这个旋涡的中心靠近，就会被掀起来，然后穿越时空，重新被送回他们的出发地。倘若我们能熟悉海域，绕过那个旋涡，就有希望抵达外面的世界。"我真不晓得这小子每天都在瞎钻研些什么乱七八糟的事。看他信心满满的样子，我亦不便向他泼冷水，只说："这事千万别让父亲知道了，你若是想学开船或者游泳，可以在附近练练，别往外闯。"

巩夏沉默着点了点头，又凑过来同我说："哥，你知道么,最近父亲和格瑞叔叔又从海边捡回来一个人,肯定也是和父亲一样,是从外面被风浪卷过来的。"我说:"有这事?可我这些天怎么没听见一点消息?"巩夏说:"因为父亲不让家里人传扬出去,那人至今还昏迷不醒,父亲不想此事闹大。可我那天看见了,他身上穿着奇奇怪怪的衣服,长相和父亲有几分相似,反正一定不是岛上的人。哥,你想不想去瞧瞧那人?"我说:"瞧他做什么?"巩夏说:"等他醒了,就问问他记不记得自己是怎么来的,在海上都经历了什么。"我说:"要去你自己去,可别又惹恼了父亲。"

按着巩夏的性子,他是一定会去的,但他终究还是拉上了我。夜里,我俩蹑手蹑脚地跑到父亲的卧室外头,弓着身子藏在他的窗下,只听见屋里有个陌生男人的声音,达丽被支走了,只有父亲同那人对话。父亲问他:"你是从哪里来的?"那人说:"我本来要坐船从马来西亚到印度尼西亚,后来海上掀起好大的浪,风大得像是要吃人,还夹带着雨,我和船上的人被冲到海里。我以为我死了,我是不是已经死了?这里是阴间地府吗?"父亲说:"你没死,你还活着。"那人说:"神仙菩萨保佑!大难不死必有后福。我要赶紧回去,你知道怎么从这儿回印度尼西亚吗?"父亲说:"你的身体还没好,先休养几天再说吧。"

父亲似乎不打算再问下去,我和巩夏立马溜出了院子。巩夏对我说:"你看,那人果然是从外面的世界来的。印度尼西亚是个什么地方?也是一片小岛吗?"我说:"你快别问了,你真是着了魔了。"

后两日，我时常能看见那个男人独自坐在海边，他望着远方的海平线望得出神，太阳晒黑了他的皮肤，而今他和岛民一样也穿上了班布羽翼制成的薄衫。他叫住了我："小哥，你知道如何叫船吗？我要回家。"我摇摇头。他说："每次我问梧桐回去的事，他都支支吾吾。我问有没有船队，有没有航线，他总是把话题岔开。"我不说话，我没法亲口告诉他，他多半是回不去了，这座岛屿就像是被施了魔咒，岛上的人没有一个能闯过那片地狱深渊般的旋涡。

"你叫什么名字？"我说。

"你叫我阿德吧。"他转头望着远处的工人，问："那些人在做什么？"

"他们在填海，扩充岛屿的面积。海水快涨潮了，你还是回屋去吧。"

阿德在岛上的日子很孤独。父亲每日要管理养殖场，没有工夫理他。岛民大多说岛语，并不能通晓他的话，他于是每日自言自语，在沙滩上来回踱步，用树枝在地上画了好多个圈。他每次见着我，总会逮住我同他说话："为什么你会说外来语？"我说："是父亲教我的。"他说："你说的是梧桐？"我说："已经很久没有人这么直呼父亲的名字了。"他说："他是你们这儿的首领吗？可我看他并不像这儿的人啊。"父亲既然没将自己的事告诉他，我便也不应多嘴。阿德又继续说："听人说，你父亲很厉害，打倒了原先占山为王的人，如今人人都听他的。"我说:"你怎么知道?"他说:"这里有少数人会说外来语,虽然口音很难听,但勉强能听出意思。为什么有的人会说外来语呢?为什么从未有人开船出海呢?"我说:"你就别问了,我也不知道原因。"

又过了几日,我再没在沙滩上看见阿德,听人说昨日热拉在路上碰见他,同他闲聊起来,于是邀他到自己家中去了。没想到岛上除了我,愿同阿德说话的人竟然是热拉。这样一来,他兴许不会再孤独难忍。

夜里,我刚从丛林中采药回来,便看见巩夏坐在家中,母亲已经睡下了,他便拉着我轻手轻脚地走出门外。他身上背了个巨大的包,还换了身厚实的衣衫,头发也剃短了不少。我问他怎么回事。他说:"我听阿德说,海上的风浪很吓人,上下左右每个方向都有巨浪冲击,人被卷在其中没法呼吸,甚至没法控制住自己的身体。"我说:"你同他聊过?是不是你把岛上的事告诉他的?"巩夏说:"是他非要问的,再说告诉他也没什么。"我说:"现下你总算知道出海的危险了。"没想到那孩子竟说:"不,这说明我们必须备一艘坚实的船,能抵抗风浪,人老老实实待在船舱里,有船身的庇护,就不会被冲到深海里去。"看来他的脑子还没清醒。他说:"今晚,我就要出海。"我说:"今晚?"他说:"是的,船我早已备好了,自从听了阿德的话后,我又加固了几层,这样应该就稳妥了。"我说:"这大晚上的,你干什么去?"巩夏说:"白天容易叫父亲发觉,所以只能晚上去。"他从兜里取出一个小盒，里头趴着一只班布，说："这是我同你母亲要来的一只你家的小虫。等我出海以后，如果有什么消息就让这只小虫带回来给你。我若找到了外面的大陆，它会回来告诉你的。"说完，巩夏就提着包钻进一艘船上，这艘船似乎确实比我与阿丽珊出海时坐的那艘要坚挺许多。船缓缓漂离海岸，只见巩夏站在船上冲我挥手，黑暗中，我看不清他的脸，月光照出他的身形轮廓，精壮结实，好像一个向大海发出战书的勇士。我的身后传来一阵女子的清歌，岛民生生世世都在这岛屿上，鲜少有人出海，所以连歌谣也从未有离别之意。那歌声是从我家后院传来的，我走过去，正看见月桂树在风中轻摇，歌声从枝叶间幽幽地飘出，被风吹到了海上。我对阿丽珊说："你也不愿他走是吗？他这一去，最好的结果就是被海水冲回来，最坏的莫过于死在海里，你我都知道那场灾难有多么吓人。"

父亲最终得知了巩夏私自出海之事，过不多久连热拉一家也知晓了。热拉和妻子到父亲家里闹了一场，他的小女儿菲儿早已嫁给巩夏做妻子，如今巩夏贸然出海生死未卜，他绝不会让自己的女儿给海上的一具尸体守活寡。这个问题是无解的，当初父亲让巩夏与其结婚就已错了，别人不知道，父亲应该最清楚巩夏的性子，这片小岛根本锁不住他。因为这事，岛上最大的两家养殖场间开始有了裂痕，原本表面上的和气渐渐散去了。

一日，正巧阿德路过，我便拦住他问热拉家的情况，是否真要同父亲决裂。他说，他可不知道这些乱七八糟的事。我看他时常喜滋滋地偷着乐，面色比起先前好了许多，没了落寞之意，也不知是怎么回事。

"听说梧桐和岛上的女人生下的孩子个个又聪明又漂亮。你若和我生孩子，也一定能生出那样完美的孩子，到时叫岛上的人都羡慕死你。"阿德说。

"你把我的心思看得透透的，以后我在你面前就没有秘密了。"菲儿娇羞地说道。

"等咱们有了自己的孩子，有了自己的家，也盖一栋白色的大房子，也建一个养殖场，让所有人都高看咱们。"阿德边说边笑了起来。

菲儿还是个豆蔻少女，她看起来那么弱小，像岛上任何一个小姑娘一样惹人怜惜。她就那么轻易地听信了阿德的谎话。

我不知此事是否应该让其他人知道，巩夏不在了，是否该告诉父亲。我几度想询问母亲的意见，可母亲早同我说过多次，不要再掺和那个家的事情，尤其是那些见不得光的事。母亲就站在我面前，她把家中挂在墙上的雌虫图腾摘下来，仔细地擦拭，我还在犹豫，她先出了声："你看，这图腾上怎么有了一道裂痕？"我凑上前一看，虫背上确实多了一道倾斜的裂缝，我说："也许是木板脆裂，明天我找些木屑来把它填上。"我就这样把要说的话咽回肚子里，然而我还时常能在夜幕降临以后看见阿德往海边的方向走去，他定是要去同菲儿约会的。

过不多久，不需我同任何人说起此事，这事就在岛上传扬开了。起初，热拉一家还想方设法将此事捂住，但纸包不住火，消息被传了出去。

"你年纪还这么小，你难道担心这辈子再也碰不着男人吗？"家庭会议上，热拉再也不似往日那样藏着掖着说话，怒火已经占据了他，他浑身发抖，似乎有些难以控制自己。他不时瞥眼看我，一定是想问为什么我也会在这儿。我是来给父亲送药材的，碰巧见了他和他妻子前来。热拉的妻子还在抹眼泪，她心疼地看着自己的女儿，却又不忍再多看她一眼，"我早同你说过，巩夏一定会回来的，等他玩腻了就会回来。"

"他不会回来的！他打从一开始就盘算着离开这儿，他就是死也要死在外面。他不喜欢我，他不喜欢女人，他连碰都没碰过我一下！"女孩声嘶力竭地吼道。如今她看起来早已没了先前的娇艳与活力，而是变得孱弱憔悴，肤色灰暗，眼皮耷拉着，眼里没了一点光芒，就像此前母亲怀孕时一样。

热拉问父亲："你究竟认不认识这个男人？"

父亲说："我说过多少次了，我不认识他，外面的世界那么大，不是所有从外头来的人都是从一个地方来的。"

热拉说："既然来路不明，为什么不严加看管，让他跑到外头去祸害女子？"

父亲说："我也没想到会发生这样的事。"

热拉思索了一会儿，说："这个孩子不能要。"

菲儿的两颗眼珠子仿佛要瞪出眼眶来，她哭吼道："谁也别想要我孩子的命！"

热拉打翻了饭桌上的一只水杯，说："不要他的命就要你的命！"

阿德被扔进枯井里。我听了这消息，想过去看看，如果可以的话，最好能给他敷一些医治外伤的药，兴许还能捡回一条命来。母亲拦住我说："阿里沙，不要再多管闲事了，惹祸上身对你来说没有好处，这么些年，你还不明白吗？"我说："可那是活生生一条人命，如今却像一根被打折的废木条一样被人扔在一旁。"

我提着药箱，又备了一碟虫卵，往林间枯井的方向去了。刚走到一半，道旁便窜出一个女子的影子，拉住我说："求求你带我去见他，求求你！"她拨开脸上的头发，我这才看清原来是菲儿。她的模样比前些日家庭会议上要瘦削了许多，寻常怀孕的女子都会发胖，可她却变得黝黑干瘦。我把她带到枯井边，借着一盏油灯，勉勉强强能看见井底有一个人的身影。他背上的伤已经模糊成一片，我不忍叫女孩看，便将油灯往一旁挪了挪。

菲儿听见阿德的呼吸声，立马扑到井边呼喊他的名字。只见他往上抬了抬头，却似乎认不出菲儿来。

"阿德，是我，我是菲儿。"

"你还来做什么？都是因为你，害我要被打死！凭什么他梧桐就能当山大王，我就要被打成个阶下囚？"他的声音微弱，有一阵没一阵地从井底传上来，虽然听不大清，可每一个轻微的字词都像刀片一样刮在女孩的心尖上，她的眼泪就像珍珠一样大颗大颗地往下掉，掉进井里，不知阿德会否感觉到眼泪的温热。

"阿德，我是爱你的呀！我是要来带你走的。"女孩辩驳道。

"爱什么爱，别这么肉麻。我已经要死了，还怎么走？你们别以为我不知道，来到这座岛就再也出不去了。我已经绝望了，就让我死在这井里吧。"

女孩还想说些什么，突然，我们身后传来一个男子的叫喊声："人在这儿呢！快来人啊！"菲儿吓得浑身一颤，说："是我爸爸派来抓我的人！"

几个男子把女孩五花大绑地抬走了。我冲着井下的人说："我是来给你治伤的。你饿吗？我带了些饭菜来。"阿德说："什么饭菜，不过又是恶心的虫子。你别管我了，让我死吧！"我把虫卵装入小袋，和一袋草药一同往井里扔了进去。两个袋子落地后，也不见他去捡，也许等他饿得厉害了，自然就会吃的。

半夜，那幢白色的房子里发出女子的连连惨叫声，那声音就像巨浪，掀起一波又一波，淹没了四方岛民。母亲被吵得睡不着，睁开眼说："又一个孩子的生命被收了回去。"

翌日，我想把菲儿的消息告诉阿德，来到井边的时候，我看见阿德在底下一动不动，心中顿时生出不好的预感。我放下绳梯，亲自下井，眼前只有一团脏乱的血肉，我用树枝戳了戳他，他像块岩石一样一动不动，我把手指放在他的鼻孔处，已经没气了。我昨夜给他送的虫卵和药袋子都原封不动。他的身躯太大，我没法带到地面上去，只能让这枯井做他安身的墓穴。

阿德死后没多久，热拉手下的养殖场夜里就燃起了熊熊大火，场里设施被烧毁殆尽，班布更是被烧得一只不剩。有人看见热拉独自一人跪坐在养殖场的灰烬面前，面对千万只班布的尸身。他大声痛哭，在那儿跪了很久，有人同他说话他也听不见。听说这把火是菲儿放的，孩子没了后，她每日疯疯癫癫，更是同家里闹掰了，外头的人总能听见家里传出似哭不哭、似笑非笑的声音。我想她定是知道了阿德的死讯才会变作这番模样。热拉家此后再没有过一天安生日子。

又过了几日，特里的妻子急匆匆地来敲我家大门，她冲我和母亲说："不好了，你弟弟夹夹被热拉手下的人抓了起来。现在就在沙滩上，他们说要把他杀了。"我问："父亲呢？"她说："听说白屋里的人都被抓了起来，达丽、尼娜，还有尼娜的两个孩子。你父亲被单独关了起来，谁也不让见。养殖场已经被其他几个大厂控制住了。"

母亲和我听完特里妻子的话，立马赶到沙滩上。人群围成了一圈，正中央，热拉亲手把刀架在夹夹的脖子上，那孩子被吓坏了，咧着那张原本就宽的嘴哇哇大哭。母亲见状后立马扑上前去，却被热拉的手下硬生生按在地上。我冲热拉说："你把那孩子放开！"

"你管他叫孩子？他这么大个头，年龄也早已成年了。"

"你把父亲关哪儿了？"

"那个外来人不是你父亲！你的父亲早就死了。外面来的人都不是好东西，全是灾星！想当初，他口口声声说上面的人奸淫妇女，掠夺资源，现如今，他自己的做派还不是和上面的人一样？最重要的是，他不允许我们近亲结合，岛上的新生儿比从前少了一大半，无数相爱的青年男女不能终成眷属。再这样下去，岛上的人终会灭绝的。他该死，我们这片岛屿不需要统治者。岛民们应该像自由飞舞的班布一样自由自在地平等地活着！"他看了一眼夹夹，说，"这就是他生下来的，这就是外面传进来的基因，他也该死！"

热拉连同几个厂主回头就把养殖场里的班布放归山林，填海造陆的工人也停了工。听说，为了让努耳拉妥协，他们动用了非常手段，叫他务必在外来人和岛民两头选一头，若是选梧桐，就是要同全岛作对。努耳拉不可能背叛岛屿，只得服从。达丽和尼娜被送回了娘家，听说他们抓走达丽的时候，她对那些汉子又打又骂，把他们的胳膊肘子咬出无数个牙印，誓死也要守在父亲身边。她对父亲是真心的，只有她一人从始至终深爱着他。巫师在小岛的几个定点都做了法事，他们说，要让小岛重新回归原来的样子，自由，平静，安稳，与世无争。

父亲被扔进了枯井里，就是先前用来关押阿德的那一个。阿德的尸体还在井底，散发着令人作呕的臭气。他们打算让父亲活活饿死。在那巴掌大的井底，父亲每日和阿德的尸体守在一块儿。我对母亲说："我想去看他。"母亲没有阻拦我，她欲言又止，不知该对我说些什么好。我说："岛民是人，外来的人也是人，人与人之间不该互相残杀。来到这里，并不是他自己的选择。命运将他送到了这儿，却要将他折磨至死。"母亲摸了摸我的后脑勺，慈爱地看着我说："阿里沙，好孩子，你是天底下最最善良的人。你就去看看他吧，带上些吃的，但千万别叫人给发现了。"

到了枯井那儿，父亲睡着了。我叫唤了他一声，他才迷迷糊糊醒过来。

"阿里沙，你来做什么？快回去，如果被他们发现，他们连你也不会放过。"父亲说。

我用吊篮把一碟虫卵放入井底，我说："这些是我和母亲平日在家里吃的，虽然比不上你往日的伙食，但足以饱腹了，你将就着吃吧。"

父亲接过碟子，大口吞咽起来。我看着他面前阿德的尸体，难为父亲要在他跟前吃东西。我说："要不我把他弄上来吧？随便找个地方埋了。"父亲摆摆手说："不打紧。"我挥了挥手中的粗麻绳说："父亲，你接着，我拉你上来。"他又摆了摆手。虫卵一会儿就被他吃光了，他把碟子放回篮子，对我说："这让我想起我刚到岛上来的时候，也是被岛民抓了关起来，当时你和木莎也是像这样用一根粗绳把我吊上去。"我说："你还有闲工夫回忆往事呢？"他说："我来这儿已多少年了？这岛上没有时间，没有钟表没有日历，连我自己都忘了我来了多久，也忘了如今的自己多少岁了。"我看着他的脸，确实比起初在海边发现他时的模样苍老了许多。他最初那白皙健壮的身形长久地印在我的脑中，以至于我想起他时，他似乎总是那样。我太久没有仔细端详过他的脸庞，没有看见他眼尾的褶皱，他手背上的皱纹甚至比脸上的还要多。他口中说的那个名叫时间的东西，以迅疾的速度从他身上碾压过去。他早已变了，再也不是当初那个被海浪卷到岛上来的男人。

父亲说："阿里沙，你别白忙活了，他们如今是不肯放过我的，因为他们是打着岛屿的名义。任何事情，只要加上'一切都是为了岛屿'的前缀，就会变成理所应当。"我说："难道就这么坐着等死吗？"父亲说："你先回去吧。"说完他又自顾躺下了。

回去的路上，我又经过那幢白色的房子。当初父亲领着工匠一砖一瓦把这房子搭建起来的情形，如今还能清晰地浮现在我脑海中。我记得自己第一次见到这房子，柱子、天花板上的雕花美得无与伦比，简直将岛上一年四季的美丽景致全都刻画其上。这房子大得我能在里头上下来回跑一圈就累得喘气，那时，父亲拍着我的后脑勺说："这里以后就是你的家了。"我只想率先把这个消息告诉母亲，让她尽早体会住进大房子的幸福。后来不曾想，母亲一搬进去就在地窖里蜷缩了几年。如今我再一次踏进这幢房子，地面上落了厚厚的石灰，房子已多日无人打扫，家具和饰品也被一些人砸个稀碎，吃穿日用品则被人尽数拿走各自分发了。这是岛上唯一一幢没有挂着雌虫图腾的房子，大厅里只挂了父亲和达丽的画像，如今也已被人撕碎了。

"你是来缅怀从前的吗？"

我背后传来一个男人的声音。是热拉。他的模样看上去比从前消瘦了不少，打倒了父亲之后他似乎并没有那么高兴，反而日渐衰弱了。听说他女儿菲儿的疯病还没好，至今不愿同他说话。

"你们要拆了这房子吗？"我问。

"还没决定，不过大概率是会的，留着它只会让人想起那段不堪的历史。"

"你们会怎么处置他？"

"他是这座岛屿的罪人，自然不能久留。我问过巫师，他们说也许能通过法术把他送走。"

"所谓法术都是些骗人的把戏。你们是不是想用障眼法骗过岛民，然后乘机把他杀了？"

"年轻人，别整天把打打杀杀挂在嘴上。"

他说完便走了。我有种不好的预感，他们一定会把父亲杀了。

回到家，母亲正坐在油灯下用木屑填补雌虫图腾的裂痕。她用黑漆把裂缝刷上几笔，裂痕就消失不见了。我对她说："他们可能想杀了他。"母亲停下手中的活，看了我一眼，说："活着还是死去都是他的命。"我说："可是他帮过我们，母亲你忘了吗？如果没有他，我们估计会受更多苦。"母亲拍了拍我的手，说："他也许早该回到属于他的地方去了。"说完便回床上歇下了。我独自走到后院,看着池边静立的月桂树,枝叶的倒影在池水中摇晃,月光映照其上,反射出粼粼波光。我看着树干,风轻抚着我的耳郭,把海浪的声音带进来,不一会儿我便沉入梦乡。

梦里,我看见了儿时的小岛。记忆中,小岛的每一天都是晴天,海风穿越沿岸的树丛一直吹到山上,令人一点儿也不觉得炎热。踏过刺脚的草丛,有无数只班布在空中飞舞,雌班布会唱歌,像是一曲弦乐。有人说,那是雌虫对雄虫发出的求爱信号。一只班布落在我的食指上,它的额头时不时闪烁着青色的光芒,这一只的个头比空中那些要略小一些,想必是幼虫,翅膀尚未长硬,飞累了,便落在我身上歇息一会儿。母亲就在草丛中收集班布的卵,她背后的箩筐已密密麻麻装了一半。她古铜色的皮肤在阳光的照射下显得格外油亮,他们都说,像母亲那样体形纤弱实则颇有韧劲的女子是最美的,她的头发扎成一撮束在脑后,看起来精神极了。母亲冲我笑着说:"快去叫你父亲回家,饭一会儿就能做好。"

我到沙滩上去寻父亲。他正同几个男子聚在一块儿,在造船歇息的工夫,他们正谈论着岛上的女人。我父亲在岛上的男子中是出了名的健壮,他见我过来了,一把将我抱起,搁在肩头上,飞跑起来。这是他常同我玩的游戏,只因我曾同他说过,自己想要变成班布那样,拥有一双翅膀,可以飞到任何我想去的地方。我把父亲领回家,身后那帮男子便指着他笑。我问父亲为何要造船,他说要到海上去,去寻找新的陆地,去看看还有没有像咱们一样的人在我们未曾涉足的土地上生活着。

夕阳飞速坠入大海，眼前只剩一片黑暗，父亲和母亲不知到哪里去了，黑暗裹挟着我，捆绑着我，让我险些喘不过气来。我感到周围有风，便伸出手去胡乱抓取。我想若能抓住一只班布的羽翼，就能逃离出这片猖狂的黑暗。

我醒了过来，看见母亲坐在我的面前，她手中还拿着图腾板块，皱着眉说："好不容易粘上去的木屑又掉了下来，这裂缝怎么就补不好了呢？"

我顾不上理会她，径直出了门，正看见热拉带着三五个巫师一齐往枯井的方向去了。我立马追了上去。没有人肯听我说话，他们的行囊中都带着做法事要用的器具，到了井边，一一摆放出来。我扯着一个巫师的长袍，说："你们放过他吧，他好歹也是为小岛做过几件好事的。"热拉把我拽在一旁，用双臂捆住我，任由几个巫师在井口舞刀弄枪。

巫师正哼唱着无人能听懂的咒语，突然间，土地开始晃动起来，山上发出轰隆隆的巨响，山头的石块纷纷滚落，惊散了丛林间的虫子。大树和高草也开始晃动，有的甚至断了截摔倒在地，就连我和热拉也一齐摔倒了。热拉指着巫师们喊道："你们做了什么？"巫师显然也不知这一切究竟是怎么回事，纷纷互相张望。热拉又说："都说这是远古的神术，你们是不是用错了，惊动了神灵？"旁边一棵大树朝枯井压倒过来，惊得两个巫师立马撒腿就跑。我赶忙说："既然出了意外，不如就此收手吧！"剩余几个巫师也跟着跑了，连法器都忘了拿。

眼见着一块巨石从山上一路滚落下来，险些压在热拉身上，他也顾不得许多，转身就逃。我往枯井中放下一根粗绳，冲父亲说："快上来！再不上来就没机会了！"他二话不说，拽着绳子艰难地爬了上来。地面仍未停止摇晃，而且晃动得比先前愈发厉害了，岛民的茅屋也塌了几间。我俩边跑边摔，好不容易逃到沙滩上来，我把父亲推上一艘船，叫他赶紧出海。

他拉住我的手说："孩子，把你母亲叫上，跟我一起走吧！"

我说："别说了，你先走。"

他说："这是自然灾害，常人没法应付，待在这儿只能等死。"

我说："我不会离开小岛的。我想，小岛会没事的。"

我挣脱开他的手，解了绳索，把船推出海去。父亲还在船上焦虑地望着我，地面晃动，我一个没站稳，又一屁股摔在沙滩上。"阿里沙！现在走还来得及！"他冲我大吼。我挥了挥手，没同他多道别，又得赶回家去寻找母亲。

我们家的小渔屋塌了一半，母亲正坐在里头，头顶被一条木头磕坏了，直流血。我用一件衣衫把她的头包得严严实实，又将她背到屋外的空地上。整座岛屿如同一片漂浮在海面上的叶子，不住地颠簸。山上的石头还在不停地往下滚，把许多人家的房屋都撞坏了。数不清的班布从草丛中、树枝底下钻了出来，在空中晕头转向地飞舞，黑压压一片悬浮在人们头顶。

大约挨到了夜黑的时候，地面终于恢复了平静，然而岛上已一片狼藉。母亲在我怀中睡着了，她的脑壳被硬生生砸出一个口子来，睡梦中还不时同我说："我要死了，我要死了！"

天亮以后，地面又开始了剧烈的晃动。母亲惊醒过来，蜷缩在我怀里，用手使劲抓着我的胳膊。脚下的沙子像水一样四处流动，小蟹都不知躲藏到哪里去了。"地面裂开了！"四处狂奔的人群中传来一个人的喊声。远远望去，那幢显眼高大的白房子底下不知何时竟撑开一道裂缝来，柱子、房梁、家具一时间全掉了进去，就像一张大嘴猛然吞噬了所有。没一会儿的工夫，地面上便仅剩一片烟尘了。

我记起后院那棵月桂树，便背起母亲朝着家的方向奔去。远远地，我望见特里老伯家的帐篷倒了，特里睁着双眼却什么也看不见，不住地问："发生了什么？发生了什么？"但他只听得到妻子凄厉的哭声。特里手中揪着他视如珍宝的占卜盘，另一只手在上头摸来摸去，愣是找不着平日里占卜用的那两颗筛子。

远远地，有一只小虫朝我飞来，我认出那是巩夏从我家带走的那只。它停在我面前，但背上没有书信，我不知道它想传递什么。过了一阵子，小岛的土地一时间冒出无数裂痕，每个人都被拉扯开来，海浪冲到脚下，把我们带到海洋中间，仿佛每个人都成了一片岛屿，眼神惶惶不知所措，孤零零地漂浮在无尽的海上。只有挥舞着翅膀的班布，还自由自在地、没有忧愁似的在空中飞翔。

眼见着一块巨石从山上一路滚落下来，险些压在热拉身上，他也顾不得许多，转身就逃。我往枯井中放下一根粗绳，冲父亲说："快上来！再不上来就没机会了！"他二话不说，拽着绳子艰难地爬了上来。地面仍未停止摇晃，而且晃动得比先前愈发厉害了，岛民的茅屋也塌了几间。我俩边跑边摔，好不容易逃到沙滩上来，我把父亲推上一艘船，叫他赶紧出海。

他拉住我的手说："孩子，把你母亲叫上，跟我一起走吧！"

我说："别说了，你先走。"

他说："这是自然灾害，常人没法应付，待在这儿只能等死。"

我说："我不会离开小岛的。我想，小岛会没事的。"

我挣脱开他的手，解了绳索，把船推出海去。父亲还在船上焦虑地望着我，地面晃动，我一个没站稳，又一屁股摔在沙滩上。"阿里沙！现在走还来得及！"他冲我大吼。我挥了挥手，没同他多道别，又得赶回家去寻找母亲。

我们家的小渔屋塌了一半，母亲正坐在里头，头顶被一条木头磕坏了，直流血。我用一件衣衫把她的头包得严严实实，又将她背到屋外的空地上。整座岛屿如同一片漂浮在海面上的叶子，不住地颠簸。山上的石头还在不停地往下滚，把许多人家的房屋都撞坏了。数不清的班布从草丛中、树枝底下钻了出来，在空中晕头转向地飞舞，黑压压一片悬浮在人们头顶。

大约挨到了夜黑的时候，地面终于恢复了平静，然而岛上已一片狼藉。母亲在我怀中睡着了，她的脑壳被硬生生砸出一个口子来，睡梦中还不时同我说："我要死了，我要死了！"

天亮以后，地面又开始了剧烈的晃动。母亲惊醒过来，蜷缩在我怀里，用手使劲抓着我的胳膊。脚下的沙子像水一样四处流动，小蟹都不知躲藏到哪里去了。"地面裂开了！"四处狂奔的人群中传来一个人的喊声。远远望去，那幢显眼高大的白房子底下不知何时竟撑开一道裂缝来，柱子、房梁、家具一时间全掉了进去，就像一张大嘴猛然吞噬了所有。没一会儿的工夫，地面上便仅剩一片烟尘了。

我记起后院那棵月桂树，便背起母亲朝着家的方向奔去。远远地，我望见特里老伯家的帐篷倒了，特里睁着双眼却什么也看不见，不住地问："发生了什么？发生了什么？"但他只听得到妻子凄厉的哭声。特里手中揪着他视如珍宝的占卜盘，另一只手在上头摸来摸去，愣是找不着平日里占卜用的那两颗筛子。

远远地，有一只小虫朝我飞来，我认出那是巩夏从我家带走的那只。它停在我面前，但背上没有书信，我不知道它想传递什么。过了一阵子，小岛的土地一时间冒出无数裂痕，每个人都被拉扯开来，海浪冲到脚下，把我们带到海洋中间，仿佛每个人都成了一片岛屿，眼神惶惶不知所措，孤零零地漂浮在无尽的海上。只有挥舞着翅膀的班布，还自由自在地、没有忧愁似的在空中飞翔。